アレグリアとは仕事はできない

津村記久子

筑摩書房

目次

アレグリアとは仕事はできない

本書は二〇〇八年十二月、筑摩書房から刊行されました。

アレグリアとは仕事はできない

1

万物には魂が宿る。ミノベの信仰にはそうある。万物に魂は宿る。母体の下の口から、あるいは殻を破り、あるいは分裂し、あるいは型を抜かれ、あるいは袋に詰められ、あるいはネジをとめられ、あるいはネジと一緒に梱包され、万物の命は生まれる。そこに魂は宿る。ミノベは信じる。だからミノベは舌打ちをし、目を眇《すが》め、衝動に震える足を踏み鳴らし、叫ぶのである。

「おまえなあ、いいかげんにしろよ！」ミノベは、品番YDP2020商品名アレグリアの原稿テーブルを、平手で何度も叩きつけた。「何分休むんだよ！　後輩ならロッカーで殴ってるぞ、なんぴとも遭ったことのないような残酷なパワハラに晒《さら》して、辞めるまで苛《いじ》め抜くぞしまいに！　追い込めるだけ追い込んで、通勤途中の電車に飛び込んで一族郎党に債務を抱えさせて、世の中のすべての人間がおまえが死んだことなんて哀しまないように仕向けるつもりだこら本気で！　死ね！　働かないやつは死ね！」

アレグリアはうんともすんとも答えなかった。ミノベは肩で息をしながら、歯を食いしばって拳骨で原稿テーブルを殴り、うあああああ！　と叫び声と泣き声の中間の声をあげた。そのミノベの声の終わりに呼応するように、がたんがきん、とアレグリアの内部は音をあげ、やっと動き出したかとなけなしの希望に目を輝かせたミノベを嘲るように、再び沈黙した。

『ウォームアップ中です。しばらくお待ちください』という、レモン色に輝くパネルの変わらない表示に、この寒がりがっ、とミノベの罵声が飛んだ。

「室温は二十八度だろ、適温だろうがよ！」ミノベは、アレグリアの原稿受けの金属のネットを引っつかんで上下に揺らした。「それとも何か、あたし寒いの、とでも言いたいのかこのやろう、少しでも寒いと働けないか。北欧とかアラスカとかロシアに配置されたらどうするつもりだったんだ！　虚弱なやつめ！　よもや人肌恋しいのか！　ならおまえを作ったクソ開発者かあのクソメンテに暖めてもらえ、そんなにウォームアップしたけりゃな、てか熱いよな、おまえの後ろんとこ、だいぶ暖まってるよな！　それで何がウォームアップなんだ、ちゃんと説明しろ、おまえが一分動いて二分止まる理由を、ちゃんと、説明しろ！」

ぐるぐる、と奥のあたりでまた音がして、ピー、と二秒鳴った後、アレグリアは、ミノベがセットした原稿を飲み込み始めた。

自社ビルの四階技術部フロアの片隅における機械と人との攻防は、当分終わりそうになかった。ミノベは、疲弊しきった態で、アレグリアから伸びたケーブルカバーの上に足の裏を置いて、ゆっくりと足踏みし始めた。足底筋膜炎という足の裏の筋が伸びる病気をわずらっているミノベは、段差を見ると踏まずにはいられない性癖を身につけつつあったが、どう考えてもアレグリアとはまったく関係なさそうなその症状さえ、アレグリアと関わったことによって降りかかったもののように思えた。

たいして気持ちよくもないながらも、踏まないよりはまし、という程度のケーブルカバー踏みをしながら、じっと排出口をねめつけていると、やっと動き出したアレグリアはてろてろと出力物を吐き出し、ぼたん、ぼたん、と原稿受けの中へと落とした。

それを拾い上げる気力もないミノベは、がっくりと頭《こうべ》を垂れ、泣きたいような思いでまたすぐにやってくる八秒間の悲鳴を待つのだった。もしくは、ときどきアレグリアは、もうできませぇぇぇん、という音の代わりに、ごく静かにサボタージュに入ることがあった。そのどちらであっても、アレグリアがこの先数十秒のうちに動きを止めることは確実で、その事象はほとんどミノベを傷つけていると言ってもよかった。なぜ八秒ピーというか、それとも何も音を出さずにただ止まるかのどちらかに一定できないのか、という不確実性のだらしなさもさることながら、大判プロッタであるアレグリアの優雅な怠慢は、明日の朝までにあと十二×六枚のボーリング柱状図を出力しなければいけないミノベに対して甚《はなは》だ非協力的だった。

Ａ３からＡ１対応のプリンタ、スキャナ、コピーの三つの機能を持つ複合機であるアレグリアを、ミノベはほとんどコピー用途で使っていたが、他の二つでの仕事ぶりと比べて、彼女はまるでそれをさげすんでいるかのような拒みようだった。どんな深度の柱状図の出力であれ、Ａ１までのどのサイズの図面のスキャンであれ、数秒動くだけでスマートに処理をするアレグリアだが、何分も連続して同じ原稿の出力物を吐き出すという単純なことには価値を感じていないようだった。もちろん、機械がそのような判断をするわけがないということはミノベにもわかっている。けれどずっと使っているうちに、どうしてもそのように見えてくるのだった。アレグリアが搬入されてきた十か月前の当初、機械の説明にやってきた営業の男は、どこか嬉々とすらしてアレグリアの高い機能をミノベたちに披露した。その印字の美しさについて、大きな図版をスキャンする時の速さについて、付属のソフトの優秀さについて、ミノベは営業の男のおそらく意のままに感心し、素晴らしい機械が我々のもとに来たものだと喜んだ。しかし今思い出すにつけあの営業は、ただ複写するという泥臭い物理的な作業におけるアレグリアの優秀さについては何ひとつ触れてはいなかった。今ならば、あの営業のやつが、電源を入れてから完全に起動するまでの時間はわずか一分です、とにこやかに紹介した時に、じゃあ起動中のウォームアップタイムはどうして完全に冷えている状態の電源オフ時からの時間より長いんでしょうか、と訊いてやりたい。しろうと考えと吐き捨てるんなら、使う人間のほとんどはしろうとなんだよと言い返す。

ピイー、と八秒間鳴り、アレグリアは再びウォームアップに入った。ミノベは、痛みを感じるまでケーブルカバーを踏む足裏に体重をかけながら、いつまで自分はこいつの甘えに付き合うんだろうと考えた。前に入っていた大判コピーの機械は九年いたという。アレグリアもまたそのぐらい置かれるのだとしたら、自分がこの会社を辞めるほうが早いのではないかとすら思う。こいつにどうにかして思い知らせてやりたい、と考える。人ならば可能だ。人ならば。それがたとえどんな遠い立場の人間であっても、一国の首長であっても、宇宙ステーションで働いていたとしても、ミノベは全知全能を絞って彼らにひとこと言う機会を作るだろう。しかしアレグリアには、いかなる方法を以てしても、ミノベの悪意を伝えることが出来ないのだ。それが何よりも無力感を誘う。相手が大蛇なら踏んづけてライオンなら鉄砲で撃ってやる。彼らは痛みを感じるからだ。しかしアレグリアは機械であり、ミノベには永遠にその怒りを伝える手段がない。

始末に負えないのは、悪意よりも扱いにくい、痛みにまで達するようなアレグリアによる信頼の裏切りへの悲嘆が、ミノベの中にあることだ。

ミノベは道具や機械が好きだった。彼らは、その特徴を研究し、うまく協調するようにしてやると、どんなに態度の悪いものでもそれなりの範囲での力は発揮してくれるようになる。それは、移ろいやすい人間の気持ちなどよりはよほど誠実なもののようにミノベには思える。この会社に来て、もっとも低い立場からそのキャリアを始め、今もそこに留まっているミノベは、上から流れてくる数多《あまた》のだめな道具、だめな機械をあてがわれてきたが、常にそのすべてと折り合いをつけてきた。未だウィンドウズXPが入っている自分用のパソコンは、頻繁に不要なファイルを削除し、メモリを掃除するソフトを入れ、いらないアプリケーションを削除し、ほかにもいろいろとこまごまと面倒を見てやりながら何とか動かしている。どれだけメンテナンスに診てもらっても、必ず排出する一枚目をトナーで汚すという粗相をしてしまうモノクロコピー機は、原稿の最初にいらない紙をまず挟んで汚してもいいようにしてやるという方法で手なずけた。マゼンタが強すぎるカラーレーザープリンタは、データを送る段階で少しシアンが強く出るように設定してやるとうまいこと色が出る。どうしようもなく人差し指と親指の付け根を痛めつける持ち手が金属製のはさみは、それでもよく切れるので指の当たるところに絆創膏を二重に巻いて使っている。二五ミリまでの針を食えるとうたいながらも、一二ミリ以上を飲むのが苦手なステープラーは、ハンドルのどの部分を持って力を込めれば長い針を紙に通すことが可能かということを調べ上げた。ミノベの努力に機械や道具はそれなりに報いた。控えめにいっても、共存が可能だというレベルに達してくれた。しかし意識的に怠ける機械だけはどうしようもない。

それは生まれや環境に由来するハンデによるものではなく、性根の在り方の問題だとミノベは考えていた。

ミノベに言わせると、アレグリアはどうしようもない性悪だった。快調なスキャン機能で、それを主に使う男性社員の歓心を買い、そのじつ怠惰そのものの態度をミノベには示し、まるで媚を売る相手を選んでいるようにも見える。メンテナンスの人間がやってくると、ぐずっていたそれまでの様子を覆し、突然ちゃんと動き始めたりもする。こいつは女が嫌いなんだと思います、と社内でただ一人ミノベと同じ仕事をしている先輩に話すと、不思議な顔をされた。何の話をしているのかわからない、という顔を。トチノ先輩は、怠慢なアレグリアを、それでも複雑な機械は仕方がないと使っているが、ミノベは仕方がないと言うことができないのだ。そのこともミノベを傷つけていた。道具をうまく使うことを愛し、ときどきは道具そのものを愛することもあるミノベだったが、アレグリアとだけは一生和解できないだろうと思いつめていた。そのくせそこまでの憎悪をアレグリアにつのらせているのはミノベ一人で、そのことがどうしようもない孤独を誘った。ミノベとまったく同じ仕事をしているというのにアレグリアには腹を立てていないトチノ先輩が鈍感だとか、仕事に対する意欲が薄いというのではない、まったくない、とミノべは考えていた。悪いのは、自分にここまで思わせるアレグリアである。

またゆっくりとアレグリアは原稿を飲み込み、咀嚼し始めた。ミノべは、アレグリアの原稿テーブルを、苛立った母親が寝付かない赤ん坊の背中を叩くような手つきで打ちながら、おまえが人間でないことはおまえにとって運が良かった、とその排出口を睨みつけた。給料が低くても雇ってもらえるだけ幸いだ。しょうもない機械をあてがわれたってわたしは全部うまくやってきた。不満はない。だからさしあたってのわたしの望みは、おまえを失脚させることだけ。

結局、あわや足型をつけられそうになる、というぎりぎりの段階でアレグリアは仕事を終え、ミノべは何とか事なきを得た。昨日アレグリアで印刷していたのは、ここ半年間調査中の大規模な宅地造成計画の中間報告会議のために必要だった資料で、ただA4に折るだけでよかったが、これが製本も必要とする正式な報告書のための作業だったら、ミノべは発狂するか憤死するかしていたところだった。

ミノべの所属している小さな会社は、地質調査業者として電話帳に登録されている。

ミノベ自身は中途採用でこの会社にやってきて、約二年になる。地質調査なんて何をしているのかまったく見当がつかないままなんとなく採用されてしまったのだが、要は、機械で細長くて深い穴を掘って土を採取し、その中身を調べて対象となる土地の地盤が強いのか弱いのかの判断をし、その結果や対応の方法を提案して売ることを生業としている、と解釈している。ミノベとトチノ先輩は、調査結果やそれにまつわる推論をつらねたものを報告書として製本する仕事をしている。ひたすらコピーしたり、紙を折ったり、ステープラーでまとめたり、きれいにテープを貼ったり、ネジをとめたりという仕事内容は、慣れればあまり神経の参らないものであり、画一性の持つ穏やかな安定があった。ただひとつ、アレグリアという不安定要素を除けば。

その憎きアレグリアを主にプリンタとして使っているエガワさんから、どうも様子がおかしいので見に来てくれという内線が入ったのでそちらに行くと、トチノ先輩がすでにかまってやっていた。どうしたんですか？　とエガワさんに訊くと、ロールはたくさん残っているのに用紙切れだと言い張ってきかないのだという。トチノ先輩は、なんどもロールをしまっているトレイを開けたり閉めたりするのだが、アレグリアのレモン色のパネルの表示は一向に変わらず、『用紙切れです』と主張し続けている。

ちょっと見せてもらえますか、たぶんフランジが緩んでるんだと思う、と先輩に場所を譲ってもらい、ミノベはトレーを開けロールを取り出し、ロールの両サイドを固定するためのプラスチックの器具を引っ張った。それはたやすくロールから抜けてしまい、ミノベの予想は的中したかのように見えた。

さすがだね、すごいね、というエガワさんと先輩の賞賛を浴びつつ、よくあるんですよこういうこと、と謙遜しながらフランジを締めてロールをセットしてトレイを閉めたが、やはりパネルは『用紙切れです』のままだった。電流が走るようにミノベの全身を苛立ちが覆った。蹴れ、そいつに足型をつけろ、思い知らせてやれ、とミノベの中の堪《こら》え性のない部分が怒りの声をあげたが、ミノベは、だめだ、人前だ、と足踏みしてその衝動を散らした。なんすかねこいつ、なんすかねこいつ、と挙動不審に陥りながらアレグリアを口撃するミノベを尻目に、先輩は、ロールを付け替えたらどうかなあ、とまたしゃがんでトレーを開けた。そんな甘やかし方をしてはだめです、とミノベは言いかけて、それが異常な言動であることに気付いて口をつぐんだ。前にもそういうことがあった。その時は本当に急いでいたので、諦めて新品のロールを付け替えてやったが、その時にアレグリアが余らせたロールをミノベはまだ保存していた。

真新しい太いロールを差してやると、アレグリアは果たして機嫌が直ったのか、再びコピー可能となって動き始めた。よかったー、壊れたかと思ったー、などと機嫌よく言い合うエガワさんと先輩を尻目に、まだ数センチ巻き分を残したロールを、先輩から受け取って小脇に抱えたまま、ミノベは現金に動き始めるアレグリアの原稿テーブルを叩いた。その不穏な音に、エガワさんと先輩は目を見張って、どうしたの、と口々に言った。なんか腹が立って、とミノベが答えると、エガワさんと先輩は顔を見合わせて苦笑した。

アレグリアが拒んだロールを自分の机に持って帰り、机の上に出してなにげなく広げたり丸めたりしていると、なんでそんなもの持って帰ってきたの？　と先輩は不思議そうに質問してきた。

「もったいないからです」

「でも使い道なくない？　それ。Ａ４とかに切ってプリンタやコピー機に差すにはカールしすぎてるしさ、メモ帳にするには手間がかかりすぎるし」

先輩の言うことはまったくもっともだったが、アレグリアが「もうこんなもの巻けません（こんな貧弱なロール）」とばかりに拒否したそのロールの用途を何とか見つけることは、自分がフレキシブルな人間である以上の使命だとミノベは思った。くだらない意地であることはわかっていた。

「あいつはぜいたくです。環境のことも何にも考えちゃいない。自分が巻き取りにくくなったらもう使えないと言う、利己的なやつです」

そう吐き捨てるように言いながら、前に持ち帰ったロールを入れている袋に、新たに持ってきたものをしまっていると、ははは、と先輩が笑う声が聞こえた。この話はこれまでだな、とミノベは思った。まだ言いたいことはたくさんあったが、興味のない先輩にこれ以上話を持ちかけて煩わせるわけにはいかなかった。なのでミノベは、まあそれはいいんですけど、と昨日残業の後に寄ったラーメン屋の話を始めた。

2

他社から資料として来たA1の図面をコピーするからと、先輩はすぐに席を立って上がっていった。話し相手がいなくなると、とたんにパーティションの向こうの会話が鮮明に聴こえるようになる。トチノ先輩とミノベは、本来四階にある技術部の所属だが、最近三階の営業部のフロアに間借りする形で引っ越してきた。二人が製本した報告書を得意先に持っていくのは営業部なので、その近くで仕事をするのは何かと都合が良く、特に不満はなかったが、今まで知らなかった事情がいろいろと耳に入るようになり、中でも機材の導入についての決定が、基本情報技術者の資格を持っている営業部のある一人の判断に委《ゆだ》ねられているということがわかったのは、二人にとってあまりおめでたいとはいえない事柄だった。

「元のが8ギガなんだけど、16ギガに増やしてもらったよ。やっぱり全然ちがうなあ。作業がさくさく進むとモチベーションにもつながるよね」

社内の機材導入係である営業部のシナダが総務の後輩の女子に向かって自慢げに、新しく増設してもらったというパソコンのメモリの話をしていた。

シナダは、パソコンも文房具も、社内で一番いいものを使っている。いいものが何かということの情報収集にも余念がないらしく、メモリの容量について話していた総務の女子に、前は、ロイヒトトゥルムのノートを注文させていた。いいものを持っていたほうが、取引先の印象が良いのだという。シナダはミノベより一つだけ年上で、人当たりが快活でものをよく知っているので、女子から人気があった。社交的で話し上手であるだけでなく、情報処理関係の資格を持っていてパソコンに詳しかったり、FXにも手を出したりしていて、多分野にわたる知識を持っており、社内では一定の信頼を得ているシナダだったが、ミノベは、いちど一緒にやった仕事でミスをしたときに、定時後スターバックスに連れて行かれてえんえんとエラーが起こった過程についてつつきまわされて以来、シナダが苦手だった。「うっかりしていました、すみません、以後細心の注意を払います」という、渾身の謝罪を受け入れない相手ほど怖いものはない。何ごとも論理的に把握したい、というシナダは、目の前でミノベに作業についてのフローチャートを書かせ、その項目すべてにバツをつけて返してきた。仕事はただ、言われるままにやればいいというものではないんだよ、ミノベさん、創造性を持たなきゃ。そう言うシナダの目の奥には、わずかな喜色が滲んでいて、ミノベは、あたしはシナダさんほどかしこくないっすから、と目を逸らした。

そのことを先輩に話すと、それは大変だったねえ、でもシナダさんもミノベさんのことを思ってだと思うよ、などと返してきたので、それ以来ミノベは、先輩にはシナダの話はしないようにしている。アレグリアのひどい態度についてだって、シナダが社内の機械選びの担当なので、なかなか言い出せないでいる。えんえんと、ミノベにアレグリアの瑕疵《かし》について回りくどい方法で説明させたあげく、「でも待つのも仕事のうちだからね」などと言い放つことは容易に想像できる。だいたい、先輩がアレグリアと折り合いがつけられていて、自分だけが無理、などということは、この会社では通用しない。

シナダの話に聞き耳を立てていると、内線が鳴り、ミノベは再びアレグリアの元へ呼ばれていった。先輩からだった。ウォームアップに入ったまま戻らず、スタートボタンを押すとエラーコードを吐き出したのだという。

「また紙のことかなあと思って、いったんロールを出して新品をセットしたりしたんだけど、全然動かない」

先輩は困ったようにアレグリアのパネルを指差した。コード253、サービスマンエラー、とだけ表示があり、あなた達では無理よ、諦めなさい、とでも言いたげな態だった。ミノベはパネルを睨みつけて、このクソが、クズが、と小さくののしりながら、取扱説明書を引っ張り出してきて、アレグリアの原稿カバーの上に置いて熟読し始めた。

またなの？　またなんです、というエガワさんと先輩の会話を聞きながら、取扱説明書のエラーコード索引を引くと、コード253というのは見当たらず、ミノベはもう一度アレグリアのパネルを見に行き、やはり自分の調べたいコードが253であることを確認した。取扱説明書とパネルを数度突き合わせ、説明書の誤植の可能性も考えて、353や、254も確認したのだが、それも存在しないコードだった。ミノベの胃の底が、沸騰するように熱く痛み始めた。

取説にコードが載ってなかったんですよ！　と先輩に愚痴を言うまでもなく、ミノベはずんずんと電話のところに歩いていって受話器を取り、もう暗記してしまったサポートセンターの番号を押した。ミノベは怒っていた。いつも怒っているではないかというのならば、ミノベは激怒していた。それは個人的な怒りという以上に、義憤だった。誠実さを欠くものと関わる、関わるのでなくても、そういうものが存在する、のうのうと目の前にある、ということに対する怒りだった。

センターにつながり、お忙しいところ失礼します、と枕詞《まくらことば》を吐いた後、会社名を名乗ると、とたんに相手がそわそわし始めるのがわかった。あまりによく修理を頼むので、ややこしい客のリストにでも入っているんだろうなとミノベはうすうす思い始めていた。

「コピー機が、取説にないエラーコードを表示したんですけども、これはどういうことでしょうか。２５３サービスマンエラーって？　どうして出るんですか？　どこが悪いんですか？」

　いらいらと、しかしそのむかつきを抑えているという様子を余すところなく伝えるような、いやにはっきりしたとげのある口調で、ミノベは電話を取った係員を問い詰めた。係員は一秒半ほど言葉につまり、すぐに調べますので、と言い残して保留した。リストの「愛の夢」が流れ、ミノベは目鼻のあたりを歪めながら頭を抱え、受話器から耳を離した。

　本当に調べているのだろうか、とこの待ち時間にいつも思う。電話を取った女の人だか女の子だかが、自分と同じように取扱説明書を持ち出してきて、鋭い音を立ててそれをめくる。そんなことがあるのだろうかと思う。真実はどうなのだろう。おそらく、電話の応対をする女の人だか女の子だかは、コピー機のことなんてまったく知らなくて、フロアを管轄する社員にややこしいやつが電話をかけてきたと話し、会話の中で質問の内実は隅に追いやられ、とにかくサービスの者を早急に手配いたしますと言え、と言いつけられるのだろう、とミノベは想像した。

答えられないなら答えられないと言ってくれればいいんだ。そしたら納得する。答えられないようなトラブルを起こす機械とわたしは仕事をしている。答えられないようなトラブルを起こす機械をあなた達は我々にあてがった。そのことを認めてくれればいいんだ。そのことを認めてさえくれれば、わたしはその理不尽と共存できる。

お待たせしました、と今度は違う係員が出てくる。聞いたことがある声なので名前を訊くと、ニシモトです、と聞いたことがある名前を名乗る。

「ご迷惑をおかけしております。早急にサービスの者を派遣いたします」

「そうじゃないんです、エラーコードの内容を訊いてるんです」

「申し訳ございません、今すぐにはわかりかねまして」

「どうしてわからないんですか？」

「申し訳ございません」

「どうしてわからないんですか？　作った人なら知ってますか？　だったらその人と話をさせてもらえませんか？」

自分は調子付いているのだろうか、とミノベは思った。しかし、このまま話し続けても、望む結果が得られないことはわかっていた。アレグリアの創造主に、会えるものなら会ってみたかった。そしてただこう言いたかった。あんたの作った機械は性根《しようね》が曲がっていると。

ニシモトは少しの沈黙の後、本当に申し訳ございません、と答えた。その声のあまりの厳粛さと沈痛さに、ミノベはほとんど敬意のようなものさえ感じて、更に継ぎかけた言葉を飲み込み、わかりました、じゃあ早めに来てください、と言って受話器を置いた。ニシモトが黙っている間じゅう、先輩が主電源をぱちぱちと入れたり落としたりしている音が聞こえていた。こいつがそんなことで落ちるタマかよ、と心の中で毒づきながら振り向くと、あああああ、直ったー、と先輩が声をあげた。ミノベは愕然とし、少し震え、やはりアレグリアを睨みつけた。

本当におまえは最低だ。

しかし絶対にサービスの派遣取り消しの電話はかけないのだと決めた。意地でも。

またあの人からで申し訳ないんだけれども、今日はいつも以上に声がつらそうだったし、気も立っていらっしゃるみたいだから、どうか気をつけてくださいね、と受話器の向こうのニシモトさんが心配そうに言う。サポートセンターとの連絡は、サービスマンが運転をしなければいけないこともあって、基本的にメールでやりとりしているのだが、彼女は、あの会社からの呼び出しの五回に一回ぐらいはどうしようもなく心配になるのか、電話をかけてきて、ユーザーの苦境を自分を通して伝えようとする。

アダシノは、ニシモトさんも苦労するね、となるたけやさしく言い、高菜を小さいトングで取って豚骨ラーメンの中に放り込む。するとあたしはべつにいいんだけど、だって仕事だから、とニシモトが慎み深く言う声が聞こえてくる。

「でもなんでヒガワさんは、あの会社のあの機械だけ、アダシノさんに直接連絡をまわせって言うの？　あたしもセンターでは必ず自分が代わるようにしてるけど、ヒガワさんが言ったとおり。比較的新しい機種だから？　でもだからって営業から直接そういう指示が出てるって話はきいたことがないし、実際あの機種の修理を他の人に頼んだことなんてざらにあるし。アダシノさんてあの機械の専門家だったりするの？」

半分目を閉じながら、アダシノはニシモトの言葉を聞いていた。ニシモトにすべてをぶちまけてやりたいという衝動に駆られる。そしたらニシモトは自分を軽蔑するだろうか、いや、それ以上にヒガワを。

「それはね」アダシノは、携帯を片手に持ったままれんげに豚骨スープをすくい、そしてまたそれを戻すということを繰り返しながら続けた。「それはね、僕がヒガワに頼んだからですよ。ニシモトさんとしゃべりたいばっかりに」

ニシモトが笑う声が聞こえた。

「うそでしょ、ちゃんとしたこと言ってよ」

そう言いつつも、ニシモトの声音にはそれ以上の追及をしようという響きはなかった。大人だよな、とアダシノは思いながら、よろしいですか、と脇からラーメンの丼を引き揚げる店員に会釈した。

それに比べてあの会社の担当者はまったくわかりもしないくせに根掘り葉掘り。若く見えるくせに更年期かなんかか。ヒガワはいいよな、末端のあいつの相手はしなくていいんだからな。経営者と機材搬入の担当さえだまくらかしてれば。

またいろいろ言ってくるだろうけど、がんばってくださいね、というニシモトの言葉に、尽力します、と答えて、アダシノは通話を切り、すぐさま営業所に電話をかける。

「五時まで空きました。途中でどっか行くとこ指示されなかったら、今からそっち戻りますんで」

上司にそう告げながら、そのままうちに帰れたらな、と思う。本当の難物は定時からだ。ちょうどよかった、急ぎで行ってほしいところがある、と言われたので、手帳を開けて住所と電話番号と担当者を確認した。そんなに何も言ってこないところだ。新卒と思われる若い女の子が担当で。あの子は好みのような気がする。なによりも、どんなトラブルが起こっても何も言ってこないところがいい。機械に興味がないところがいい。アダシノは、次に付き合う女の子は仕事でコピー機を使っていない子がいいと思っていた。

惰性で手帳をめくっていると、名刺を整理して入れているクリアホルダーの部分にヒガワのそれが挟まっているのが目に入り、アダシノは鼻で笑った。おれがうまくやってなきゃおまえ今頃は。きくところによると、ヒガワは今月も地区で最高の成績だったらしい。年末のボーナスもはずんでもらうんだろうか。アダシノはまだ借金を返しきれていなかった。ほんとに、あとちょっとだっていうのに、会社に言う、という脅しの電話が私用の携帯に入ってきていてすごくむかつくが、もう少しの辛抱だ、そうだ来月にはもう。アダシノはそう自分を励ましながら、手帳をブリーフケースにしまい、財布を出して小銭を数えた。

アレグリアのメンテナンスを担当していると思われるアダシノという男は、必ず定時以降にやってくる。アダシノは他のコピー機のメンテナンスに現れることもあるのだが、アレグリアをなだめにくるときだけは、絶対に定時以降にやってくる。言い換えると、「明日早く」などになることはない。即日の、定時以降にやってくるのである。絶対に。先輩にそのことを話したら、気が付いていなかった、気のせいじゃない？　とあっさり流されたが、記憶力には自信のあるミノベは、気のせいではない確信があった。

定時以降にやってくる、という迷惑さを除いても、ミノベはアダシノという男が嫌いだった。生気というものに欠け、もう息をすることすら惰性だという佇《たたず》まいのくせに、ミノベの文句を遮って、とうとうこちらのアレグリアへの接し方のミスについて指摘したりする。いらいらする男だ。何が楽しみで生きているのか、おそらく何も楽しみじゃないんだろう、ミノベはそう決めつけていた。あまりに嫌いで、一度勢い余って、あの人はもう寄越さないでください、と頼んだことがあった。あの人が来ると機械の調子が余計に悪くなるような感じがするんです、とまで言ったのに、その直後に一回だけ違う人間が来て、またすぐにアレグリアはトラブルを起こし、何ごともなかったようにアダシノがやってきた。ミノベにしても、あれは言い過ぎた、という後ろめたさがあり、最悪のたぐいのクレイマーにはなりたくないという考えもあって、それ以上は何も言えなかった。

定時が近づき、日報を書いているときにアダシノから連絡が入った。今、そっちに向かっています、とアダシノは相変わらず聞き取りにくい力のない声で告げた。ミノベは、自分の予想が当たったことに何か安堵し、しかし永遠に破られることがないのであろう予定調和に苛立って、持っていたボールペンをデスクの上に投げ出した。

「明日にしてもらえませんかね、もう定時なんで」

試しにそう言ってみると、あと五分でそちらに着きます、という答えが返ってきた。ミノベはへっと笑いながら、こちらの事情になどお構いなしなアダシノに対して、すでに直ってしまったアレグリアについて難癖をつける腹積もりをした。そちらがいつもそうなんだから、こちらもちゃんとすることはないと思うのだった。

わかりました、じゃどうぞ、と再びボールペンを拾い上げてデスクに放り出しながら受話器を置くと、前のデスクに座っている先輩が、帰らないの？　と声をかけてきた。

「残っている男の人たちに任せればいいのに。にしてもなんで取り消さなかったの？もう問題ないのに」

そう言う先輩を、ミノベはいい人だなと思う。先輩はいい人だ。誰かにいやな仕事を押し付けられて、その場ではミノベに愚痴を言っても、一週間もしたら平然とあの人はいい人よねと言えるのだ。大人だ、とミノベは思う反面、執着というものがないのか、と訝《いぶか》ることもあった。

「話が聴きたいんで待ってます。そもそもなんであいうことになったのか」

「あんまり考え込まないほうがいいよ。たかがコピー機なんだし」

先輩はそう言いながら日報を持って立ち上がり、お先に失礼します、とエレベーターに乗り込んでいった。ミノベは、お疲れ様です、とそれを見送りながら、先輩の言葉を素通りさせることができずに、更に気が滅入っていくのを感じた。

アダシノは本当にきっちり五分後にやってきた。そういう几帳面さも不愉快だと心中で吐き捨てながら、やはり目を合わせることはできなかった。

「調子が悪いんですけども」

アレグリアのパネルを確かめているアダシノを、とにかく大筋から話して煙に巻こうとミノベはそう言った。なんとかけちをつけて、もう使えるからいいです、お手数おかけしました、などとは絶対に言わないと決めたのだった。アダシノははたして、ミノベの後ろめたさを察知しているのか、多くは訊かずに鷹揚な動作でアレグリアにテスト用の原稿を食わせた。アレグリアは、平然とそれを飲み込み、図形やグラデーションが印刷されたロール紙を出力する。

「動いてますね」

「動かなくなったんです」

アダシノの言葉に、ミノベは決然とそう言った。

「でも、今は動いてますね、正常に。センターから連絡があったコードも出てない」

「確かにその時は出てたんです。電源を入れて消して、それを五回ぐらい繰り返したらやっとエラーコードを引っ込めたんです。でも困るんです、そういうの。常にちゃんと動いてくれないと、本当に困るんです。いろんな使い方してるし、迷惑なんです。止まる理由もわからないから、気をつけようもないし」

ほとんど痛々しさすら帯びてくる自分の声音《こわね》を疎《うと》ましく思いながら、ミノベが訴えると、コード253ね、と呟きながら、アダシノは工具のケースから分厚い本を出し、アレグリアの原稿テーブルの上にのせてめくり始めた。ミノベは横から覗き込もうとしたが、そうするたびにアダシノは素早くページをめくるので何を見ているのかについてはよくわからなかった。

「熱の、溜めすぎですね」変わらず本に視線を落としたまま、けだるくアダシノは言った。「おおかたそのオンとオフの繰り返しの間に発散されたんだと思われます」

「だってそんな、五分とかですよ、そのあいだ。それに熱を溜めすぎたなんていうんなら、なんでこの機械はウォームアップ状態に入るんですか。あったためるために休むんでしょ？　あんな、一分動いて二分なんてすごい頻度で。おかしくないですか？」

うなずきながら、ミノベの言葉を最後まで聞いた後、アダシノはゆっくりと口を開いた。

「人間の、体をあたためるためのジョギングと、摩擦によるやけどはぜんぜん違うでしょう、機械も同じですよ」

「人間と機械は違うでしょう」

「同じですよ」

自分よりも機械のことを知っている人間に、どこか勝ち誇ったようにすらそう言われると、ミノベはただ、くそっと口に出さない悪態をつくしかなかった。どうにか誰か一緒に文句を言ってはくれないだろうかとフロアを見渡したが、他の社員は自分の仕事以外のことに注意を払う気はさらさらなさそうだった。

とにかく迷惑だ、と口を開こうとした矢先に、エレベーターのドアが開き、帰り支度をすませた先輩が急いだ様子で出てきた。どうしたの？　という誰かの問いに、ポットのコードを抜き忘れちゃったんです、と先輩は笑って答えていた。この会社は、女子社員にお茶くみこそさせないが、電気ポットの管理やふきんの洗浄など、流しの周りのことはすべて女子がやる決まりになっている。ミノベはそのことに不満を感じるので、ときどきさぼるけれども、先輩は何も言わずにきちんと役割をこなしている。ついでにこちらの方にもきてくれないだろうか、とミノベは先輩を目で追ったが、一瞬だけ視線が合った先輩は、アレグリアの方にはやってこず、呼び止めてきた社員の所に寄って談笑し始めた。

ミノベは何か、深い失望を感じながら、でも昨日は何枚コピーしてもエラーコードを吐いて動かないなんてことありませんでした、と力のない声で言った。

「熱は少しずつ蓄積されていくんです。それが今日、許容量を超えたんでしょうね、その一瞬だけ」

他には特に言えることがありそうになかった。ミノベは、敗北感でいっぱいになりながら、わかりました、とうなずいた。また何かあれば呼んでください、とアダシノは言いながら工具ケースを閉め、エレベーターに乗り込んでいった。あ、ちょっと待って、と先輩はアダシノを呼び止めてエレベーターに入り、微笑みながら会釈していた。ミノベは半ば茫然とその様子を眺めていた。

そいつになんか言ってやってくださいよ。

ミノベはその言葉を飲み込んで、アダシノが残していったテストコピーを手にとってぼんやりと眺めた。

先輩はまるで、アレグリアに手を触れたことなど一度もないかのようにアダシノの前で振舞っていた。そのことが、どうしてこうも堪《こた》えるのかというほどミノベをさいなみ、孤独の中に取り残した。

自分は先輩から少しも信頼なんてされていないのかもしれない。だからそもそも、共感なんてありえないのかもしれない。

ミノベは溜め息をつきながらテストコピーを丸め、ゴミ箱に放り込んだ。

3

その週のはじめに配られてきた予定表には、長らく保留になっていた新しい大規模ショッピングモール建設工事の事前調査の納期の日付が入っていた。ミノベは、二十五地点も調査しているその仕事がやってくるのをひどく恐れていて、毎週毎週納期日の欄が空白であることを確認しては安堵していたのだが、それがついに間近にやってくるとあって、いつかはやらなければいけないとわかってはいたものの、肩を落とした。指示書を調べると、その工事は全地点の柱状図が大判プロッタを利用しないと印刷できない深度のもので、部数も通常より多く、アレグリアがその作業を機嫌よくこなしてくれるとは到底思えなかった。

こういうことになる前になんとかしたかったんだ、とミノベは恨めしく思うけれど、先輩は特に何も危惧はしていないようだった。そりゃ相変わらず休むけど、あれ以来何もないよね、実際、とミノベの警戒を遮って先輩はそう言うのだった。事実、先輩の言葉通り、アレグリアは低調ながら安定していたが、それは今が繁忙期に入る前の谷間のような寸暇の中にあるからこそ通用するのであって、きっとショッピングモールの仕事が来たらまたぐずりだすだろうとミノベは推測していた。

数日間は本当に暇だった。つねづね調子の悪かったパソコンのOSを再インストールし、裏紙を使ってメモ帳を作り、ハサミの持ち手の絆創膏を巻きなおし、机の中の整理までやり終えて、他の社員にひととおり手伝えそうなことを訊いて回って、特にないねとのことだったので、ミノベは常々計画していたアレグリアの計測実験に乗り出すことにした。いつものミノベなら、その実験について先輩になにくれとなく話しているはずだったが、どうも先輩がアレグリアの話をすることに乗り気でないような感じなので、実験はひっそりとミノベ一人で行うことにした。うちに帰ったほうがまだ熱量のいい発散になるというぐらいの時間の空きようだったが、ミノベが見たところ先輩は何もしていなかった。まったく何もしていないと、ミノベなどはすぐにそわそわし始めて、やらなくていいことに手をつけ始めてしまい、それが終わりもしないうちに仕事が来て何もかも中途半端になるのだが、先輩は落ち着いていた。落ち着いているところが絵になるというか、ミノベは先輩のそういうところがうらやましかった。常に、どうやったらうまく手を抜いて仕事ができるかについて考え、そのことにあくせくするあまり、気がついたらむやみに勤勉なことになって無駄に動いている自分と比べて、先輩は泰然自若《たいぜんじじゃく》としているように思えた。そちらのほうが人間として高級な態度であるかのようにミノベは考えていた。アレグリアに対する怒りも、本当は持たずにすむものならそうしたいのだった。

先輩と比べて自分は精神的に散らかりすぎている、だから飲み会で部長に、ミノベさんはまじめで頑張ってるんだけど、もうちょっと落ち着いたほうがいいね、なんて言われてしまうのである。落ち着いてないから何さ、仕事はしてるじゃないか、それでいいじゃないか、とミノベは心の中で反論しながらも、そういう部分があるので、今一歩独り立ちできないというか、多忙を極めると先輩に頼ってしまうようなところがあるのか、と落ち込むのだった。

自分ひとりで、誰にも迷惑をかけずに仕事をしてゆくためにも、機械たちの協力は必須だった。彼らのくせを知り、彼らの得意なことを知り、彼らが苦手とすることを知り、自分も無理のないようにそれに合わせてやる。そうすることで、たいていの連中とはうまくいくのだ。

それはまるで、必死の説得に彼らが応じてくれたかのような不思議な心の動きを呼び起こす連携だったが、アレグリアという機械だけは、どうしても違うのだ。かたくなというのともまた違う、人を嘲笑《あざわら》うような性質があるような気が、ミノベにはするのだ。

だからこそ数値的なデータに還元することによって、そういう主観的な感覚を払拭し、この機械は、こういうところがある機械なので、それと折り合うにはどうしたらいいのか、について冷静に考える必要があった。普通の人、例えば先輩だとか、他の社員だとかがそんな手順を踏まずにやっていけることは承知していた。自分と他の人たちの違いは、機械への感情移入の度合の違いなのだとミノベはうすうす感じ始めていた。彼らは機械を叱り飛ばさない代わりに、機械を誉めもしないし、愛着を感じないのだ。自分が妙な感覚にとらわれているということもミノベは知っていたが、そうすることによってでしか機械と関われない以上、アレグリアのこともどうにかして理解して諦めてやる必要があった。

諦めてやる、という殊勝な気持ちで挑んだ実験だったが、結果は惨憺たるものだった。

ショッピングモール工事の仕事の予備的な作業として、完成している六本分の柱状図を順にアレグリアに飲ませ、五枚に増やして出せと指示したのだが、六種類の原稿に対して、取扱説明書が申告している一回の連続稼動につきA3×八枚の出力量（A3の長寸四二センチ×八枚＝三三六センチ分）に届いたのは、わずかに一回だけだった。それも一枚目の原稿の一回だけで、残り五回は、三三六センチに届く前にアレグリアは休憩に入った。六回目の、五九センチの原稿をセットした時などは、たった三枚の出力（一七七センチ）でアレグリアは音《ね》を上げ、ウォームアップ状態に入り、二分間黙り込んだ。他の回も、平均して連続に出力する長さは二四〇センチ前後といったところで、取扱説明書にある三三六センチという数値には一メートル近くも及ばなかった。アレグリアは、原稿をセットするごとにだんだんとその出力の量を下げていき、まるで疲れてきているかのように振舞った。

無言でケーブルカバーを踏みながらアレグリアを凝視するミノベの表情は、どんどん険しくなっていった。よもや、とは思っていたが、そのことがはっきりと数字に出てきたことに計算機を叩く指を止めてミノベは愕然とした。

作業机の足元に集めていた、アレグリアが余らせていたロールの長さについても計ってみたが、前々回余らせたロールの長さは五メートル八八センチで、その次が八メートル五二センチ、先日先輩が新品に入れ替えた時に余らせたロールの長さは一一メートル九一センチだった。余らせる長さもだんだん長くなってきているのである。

やんなきゃよかった、と手書きで作成した表をしげしげと眺め、ミノベは思った。数値に出してみると、アレグリアがいかに感覚的にというだけにとどまらない、実際に信用の置けない機械であるかということがわかった。

特に何もしないまま表を眺めてしばらく顔を歪めていると、技術部のフロアの掃除をしていた、という先輩が戻ってきて、ミノベに実験の結果を訊いてきた。心におりのようなものが溜まってきていたミノベは、結果をまくし立てて先輩に訴えた。

「すごくないですか、これ。とんでもないですよ。全長二〇〇メートルのロールを一二メートル弱も余らせるんですよ？　コピー用紙五百枚分に換算すると、常に三十枚を何の理由もなく余らせてる計算になるんですよ」

「でもそれぐらいのミスコピーならざらにしない？」

「ミスならいいですけど、それはわざとのことではないですし。あのコピー機はただ、ロールが細くなってくると巻き取りにくいって、それだけの理由でそんなに余らせるんですよ？」

ひどくないですか？　とミノベが続けると、先輩は肩をすくめた。それは、面倒なことに直面した、とでも言いたげな動作で、実験の結果について先輩に説明したことをミノベに後悔させるには十分なものだった。

「あたしたちがここで言っててもどうにもならないし、仕方のないことじゃない？」

ミノベが何か反論しようと考えていると、先輩が掃除していたフロアから降りてきた社員が、掃除してくれてありがと、と先輩に声をかけた。いえいえ、と先輩はそれに愛想よく会釈し、ミノベとの話はそこで切り上げるつもりなのか、その場を離れていった。

取り残されたミノベは、紙の巻き取りについてはローラーか何かの部品の取替えで済むかもしれないけれども、『疲れてくる』ということについてはどうにもならないだろう、と頭を抱えた。この機械はそういうものなんです、と言うアダシノの声が聞こえたような気がした。

取扱説明書をめくりながら、本当のところ、コピー機の扱いに手馴れたアダシノのような人間は、アレグリアのことをどうとらえているのだろうかとミノベは思った。

そして自分が最も受け入れがたいことはいったいなんなのだろうかと。それは結局、たった一人でこの機械はおかしい、と主張し続けることで、それに一切の共感を得られないことだった。同じぐらいの頻度でアレグリアと接している先輩が、一向に苛立ちを見せないということも辛かった。どれだけ苦情を言っても、サービスの者を派遣しますとしか言わないサポートセンターの女の人もまた。

先輩が別のところに親切で掃除に行っている間、ミノベはショッピングモール関係の工事に対応したスケジュール作成にさんざん頭を悩ませ、実験の後の時間は一日をそれで潰した。アレグリアの調子がまた悪くなったと内線が入ったのは定時直前のことだった。

「こいつさ、スキャナとかプリントはよくできるのに、コピーは駄目なの？」

社内でもいちばんせっかちなイノモトさんが、いらいらとアレグリアの原稿カバーを叩きながら言った。出力物が少し掠《かす》れる、というトラブルで、ミノベも先輩も気がつかなかったぐらいかすかなものだった。イノモトさんは、掠れるということよりは、何度もコピーをしたあげく疲れさせて、ウォームアップ状態に入られたことにひどくいらついているようだった。

今やってる計画書を提出するところの担当者がさ、ちょっと細かくてさ、隅々までちゃんとしておきたいんだよね、というイノモトさんの言葉を聞きながら、ミノベはまたサポートセンターの電話番号を押した。もう番号でミノベからであると識別されているのか、はじめからいつもの女の人が出た。

やっぱりマークされてるんだわたしは、と一抹の哀しみを感じながら、ミノベは出力の掠れについて、それが右上部に出るだとか何枚に一回の割合だとかいうことを淡々と説明した。そのついでにロールを巻き上げる部品の交換もしてもらえるかもしれないと思いつき、ミノベはアレグリアが紙を余らせることについて話し始めた。

「最近よく、ロール紙がまだ残っているのに用紙がありませんと言い出すんです」

それがミノベの長い話の始まりだった。

電話に表示されている時計が定時を回っても、ミノベは計測結果についての話をやめることができなかった。最初は、はい、はい、といなすような事務的な様子で聞いていたニシモトの返事も、だんだんと沈痛さを帯びてその回数を減らしていった。

大変申し訳ございません、と言うニシモトの声音に嘘はないように聞こえた。伝わった、という達成感はなかった。ただ、サポセンのねえちゃんすらも黙らせるあいつのひどさってなんなんだろう、と茫然とするだけだった。

できるだけ本日中に修理の者を手配いたします、というニシモトの言葉に対して、明日にしてくださいよ、と押し切る気概はその時のミノベにはなかった。だいたい、ミノベの話の中ほどでサポートセンターの終了時刻は過ぎていたし、ミノベの話の相手をしているニシモトも、そこからまた手配されてくるメンテも不幸せなものだ、とぼんやり思っただけだった。

受話器を置くと、日報を両手に持った先輩が、前の席からじっとこちらを見ているのに気がついた。なんとも言えない、正でも負でもないミノベへの評価がその目付きを覆っているようで、ミノベはその判定そのものを畏《おそ》れて目を逸らした。

「そんなことを言ってどうするの?」

先輩は不思議そうに言った。自分のアレグリアへの感情を考えると、ユーザーとしての当然の権利じゃないでしょうか、と言うにはあまりにしらじらしすぎた。先輩はミノベの返事を聞かずに立ち上がり、お先に失礼します、とエレベーターの中に消えていった。

胸ポケットに突っ込んだ携帯が震えた時は、もう無視してやろうかと一瞬思ったけれど、このまま打ち続けても負けるばっかりだと思い直して、アダシノは席を立ってさぼりで入ったパチスロ店を出た。ニシモトからのメールが早く読みたいという気持ちもあった。こちらからはサポートセンターに電話をかけることがほとんどないので、アダシノがニシモトと話をする機会は一方的にニシモトのほうから作られることになっている。

ニシモトの顔を見たことはない。ヒガワから、アレグリアに関してセンターからは必ずこの社員を通して連絡をとることになっている、と紹介されただけだ。おれはおまえに借りがあるけど、おまえはこの人にも金を貸したりしてんの？　と訊くとヒガワは笑って、彼女は仕事熱心なだけさ、と答えた。サービスマンの中であの機械をいちばんうまく扱えるのはおまえだと言ってある、それだけさ、と。そのことに偽りはないように思えた。あれは特別ごねる機械だから。いくら大判機種の世話をし慣れてるメンテだって、あいつには驚くだろう。あいつのくせやなんかを知り尽くしたおれでさえうっとうしくなる時があるぐらいだ。あのぐだぐだとわかりもしないくせに根掘り葉掘り訊いてくる社員があれだけ苛立つのもよくわかる。

あいつを取り巻く者はヒガワをはじめとして皆すさんでいる。ただ一人ニシモトを除いて。

時間外で、本当に申し訳ないのですが、ユーザーさんに不自由な思いをさせるわけにもいかないので、どうぞよろしくお願いします。ごめんなさい。

アレグリアの症状についての簡潔な記述の後、ニシモトはそう生真面目に書き添えていた。ニシモトさんのせいじゃない、あやまることなんてなにもないよ、とアダシノは思う。顔も見たことのない彼女が、悲しそうにうつむいているところが、アダシノには想像できるような気がした。

はじめはただのもぐりの仕事の相手に過ぎなかったけど、情が移るというのはこんな感じか、という具合にアダシノはニシモトに傾倒していった。ときどき、彼女とやりとりをしたいがためだけに、もっとごねろ、アレグリア、とぼんやり思うことさえある。そんな気持ちになるのは、単に一年前に前の彼女に捨てられたからだろうか。

理由は借金だった。パチスロのやりすぎなのだった。アダシノは不真面目なほうでもギャンブルが好きなたちでもなかったのだが、一度はまってしまうとどうしてもやめられなかった。外を回る仕事柄、どこにでもあるその施設はアダシノの目を引き、目をつむると、銀玉が翻弄されるように釘の間を左右にさまよいながら落ちていくところが見えた。機械を修理する、という自分の仕事と結び付けて語るのは適当ではない気がしたが、アダシノは、こうすればいいのではないか、このぐらいの力で打てばもっとうまくいくのではないか、と機械に接する時のような気持ちで台に接していた。一度試してみたいやり方を思いつくと、夜も眠れなくなった。そしてそれが失敗しても、別の台ではどうだろう、などと考えはじめ、そのうちに給料はそこに注ぎ込まれるようになり、少ない貯金は尽き、ついに付き合っていた彼女に対して「金貸して」という言葉が口を衝《つ》いて出たのだった。まじめで堅実であることを主旨として生きており、アダシノもそういう人間であるという認識のもとに交際していた彼女は、アダシノがそう言った次の週に、そっちかわたしかどちらかを選んでちょうだい、と要求し、ええっと、と迷ったアダシノは一瞬で捨てられた。どのみち、自分たちの関係は岐路に来ていたのかもしれなかったけれど、長く付き合った女性だったので、アダシノはショックだった。

　そのまま傷心の寄る辺をさらなる玉打ちに求めたアダシノは着実に金を失ってゆき、

ヒガワにそれを見抜かれてもぐりの仕事の片棒を担がされ、今はヒガワからの小遣いで家賃の何割かまかないながら借金を細々と返し続けている始末である。そういう自分を情けなく思う。

そんな中でいつの間にか、楽しみはニシモトからメールをもらうことだけになっていた。職場は男ばかりでなんの潤いもない。金のない男に女の子は興味がない。仮想の女の子に入れあげるにはアダシノは現実的すぎた。ただニシモトだけが、実在する女性としてアダシノに接し、アダシノにはそれがちょっとした楽しみになっていた。

あのうるさい社員が、あの何もわかっていなさそうな機材導入の担当者にキレて、アレグリアを替えろと言い出したら、ヒガワの立場はどうなるんだろう。いや、ヒガワはどうでもいいとしても、ニシモトさんとは関われなくなるのかな。そんなことを考えると、アダシノの中に小さな焦りが起こった。

了解しました、今すぐ向かいます、という文章の後に、よかったら今度ごはんでも行きましょう、と余裕もないくせにそう書きかけてやめる。自分にはそんな申し出をする資格はないように思える。

「うちの会社って、そんなにひどいものを売ってるのかな」

以前アレグリアが、複雑なエラーをいくつか同時に起こした際、文章では説明しきれないから、とニシモトが直接電話をかけてきた時に、ぽつりとそう言ったことがあった。その一言はどこまでも素朴で、だからこそアダシノの胸を穿《うが》った。

「それはどうだろう」

アダシノは言葉を濁しながら、そうではないと言うことができない無力感をほとんど初めて知った。

しかしなんであっても、ユーザーを思うニシモトさんのまじめさは、いいかげんな商品や不誠実なヒガワや、それに追従するおれなんかとはべつに、ちゃんとした価値であり続けるんじゃないか、とアダシノは心の中でだけ言った。そんなことを言えるほど、自分とニシモトは親しくないと思ったのだった。

アダシノは営業車に乗り込み、エンジンをかけた。小雨が降っていた。ワイパーをかけ、暗い車道に乗り出しながら、ひたすらうちに帰りたいと考える。ほとんど懇願すると言ってもいいぐらいに。かつては営業先とパチンコ屋と彼女の家をぐるぐる回る日常だった。今は最後のが何もない自宅に変わり、それはそれで耐え難いというほどのものでもなかったけれど。

うちに帰りたい。もういちどアダシノは願い、そして自分が早く到着してアレグリアをなだめないことには、あのぐだぐだ言う社員もうちに帰れないのだ、ということに気がついた。

4

ちょっと話があるので二人とも来てくれないか、とイノモトさんから内線があった時はいったい何ごとかと戦々兢々としたが、なんのことはない、ショッピングモールの仕事の納期が早くなった、ということに関する怒りをミノベや先輩に打ち明けることによって、担当者で報告文を書くイノモトさんは気を晴らしたいようだった。

「ほんっとになあ、あの担当者め、嫌がらせかと思うよなあ！」イノモトさんは先輩とミノベを見上げながら、持っていたボールペンの頭でデスクをがつがつと叩いた。

「イノモトさんだったらできますよね、じゃねえよ、やるけどよ！」

やんのかよ、とミノベは心中でがっくりと肩を落としながら、負けず嫌いだからなあこの人、と頭の中でイノモトさんの話を補完した。

ま、二人ならやってくれると信じてるよ、とイノモトさんは、先輩とミノベに語りかけるというよりは自分を納得させるように腕を組んでうなずいた。その様子を眺めながらミノベは、この人はたぶん締め切り近くになるにつれていっぱいいっぱいになってくるだろう。何ごとも決断が早く、仕事のしやすい人なのだが、容量以上に作業がたてこむと周りが見えなくなるタイプなので、自分も同じような傾向にあるミノベにはイノモトさんがこの先どうなってゆくかがよくわかるのだった。

先輩は落ち着いているようだった。イノモトさんの席から作業場に戻るまでのエレベーターの中で、焦りませんか？　と訊くと、焦っても仕方ないし、とミノベの方を見ないで先輩は答えた。最近先輩は、そういう冷ややかな切り返しをすることが多くなってきていた。ミノベがアレグリアに関する実験を始めた日の前後あたりからだった。先輩はほんとにノーマルな人だから、自分があの機械の怠慢に執着するあまりひかせてしまったのだ、とミノベは落ち込みつつ、さぼるだけならまだしも人間関係に亀裂を入れまでするのかおまえは、とさらにアレグリアへの憎しみをつのらせた。

心配性のミノベなどは、納期の前倒しを告げられたその日から仕事にかかりたかったのだが、二人で同じ件に関わる時は先輩主導で作業を進めるという暗黙の了解があったので、先輩が言い出すまでは、内心の不安を抱えながらショッピングモール工事の仕事については口にしなかった。先輩は、納期が早くなったことなど意に介さない様子で、来る仕事来る仕事を淡々とこなし続け、それとは逆にイノモトさんのコーヒーの消費量は格段に増え、日に日に態度には余裕がなくなっていった。

納期の一週間前になって、やっと先輩はショッピングモール工事の仕事に手をつける気になったようで、その計画についてミノベに口頭で伝えてきた。計画と言っても簡単なもので、七冊提出のうちの四冊は自分が受け持ち、三冊はミノベが担当する、というだけのことだった。自分が多く受け持つのは、一年少々とはいえ先輩がミノベの先輩であるゆえんだろうと考えると、やっぱりちゃんとした人なんだよなあ、とミノベは少し感心した。今のところがミノベにとっては二社目の会社なのだが、前の職場には、しんどい仕事を後輩に押し付けて涼しい顔をしている先輩なんてざらにいた。補助的にパートをつけてもらったらもらったで、そのパートさんたちも、職場経験の豊富な者は忙しくなりそうな日を見計らって休んだり、その反対の者は「こういうことは初めてで」という台詞《せりふ》を乱発しながら、そのじつあてがわれた仕事をまともに覚えようとしなかったり、ろくなことがなかったのだった。だから、当たり前に先輩らしくいてくれる今の職場の先輩が、やはりミノベには敬意に値するように思えるのだった。たとえ仕事の方針について意外なほどかたくなであったり、ミノベの提案にはやんわりと聞く耳を持たないようなところがあっても。それ故に、同じように使っているアレグリアに対する意見が合わないのがミノベには辛かった。

どうせまともに動く気なんてないんだろう、とミノベはアレグリアを使う長尺図面の作業に先行して手をつけていたが、突然動かなくなる、といった致命的なトラブルは起こさないものの、相変わらずアレグリアは嫌そうにミノベと仕事をした。だがとりあえず、二分休憩する、という性癖に合わせて、その空き時間のあいだにアレグリアの近くで手をつけられる作業について仕事の前から考えていたミノベは、部長の許可を取り、アレグリアの傍《かたわ》らに社内で余っていた小さな傷だらけの事務机を持ってきて、アレグリアを動かしている時はそこでこまごまとした作業をこなすことにした。椅子は会議室からくすねてきた、クッションの破れた古いパイプ椅子で、ミノベがそれを設置している姿を見て他の社員は「内職でも始めるの？」と笑ったが、アレグリアが休む二分間をケーブルカバー踏み以外に費やすことに執念を燃やしていたミノベには、そんなことは屁でもないのだった。先輩もそのみじめな机と椅子の存在にはもちろん気付いているようだったが、あえてミノベに何かを言ってくるということはなかった。ミノベも、よかったら使ってください、とでも申し出て、べつにいい、と言われたら言われたで哀しいことはわかっていたので、あえて言及はしなかった。

アレグリアに合わせたスケジュールで仕事を進めることにしたミノベは、彼女に関連した作業はそれなりに焦らなくてすむ早さで片付けていったものの、報告書全体としては長尺コピー以外の部分がメインなので、そちらのほうはまったく手付かずだった。対して先輩は、着実にアレグリアを使わない部分をこなしてゆき、ミノベよりもはるかに早く冊子に近い形へと仕上げていった。

納期日まであと三日という段になって、先輩は長尺図面を残すのみというところまで作業を詰めていったが、ミノベは大きな推定地層断面図を色鉛筆で塗る作業に四苦八苦していた。専門のデータ出力会社にレーザープリンタでプリントアウトしたきれいなカラー図面を作ってもらえばいいだろう、とミノベなどは思うのだが、A０幅の更に定型外長尺となると、価格が万単位に届いてしまう、とのことで、ミノベと先輩は、業者に外注してモノクロで出力してもらったその図面に色鉛筆で彩色する、という作業を命じられていた。日々、横二畳分ぐらいある図面に四苦八苦しながら、本当はアレグリアを使うモノクロの長尺コピーよりも、こっちのほうが難物だったのかも、と早く手をつけておかなかったことをミノベは後悔した。

順調に仕事を進めていた先輩だったが、やはりアレグリアには手こずっているようで、原稿テーブルを軽く叩きながら、苛立っている様子が何度か見かけられた。しかし先輩は、その一切をミノベには打ち明けることはなかったので、ミノベとしても「困ってますよね?」とは言いにくかった。なんといっても、先輩は一度アレグリアに対する怒りの戦列に加わることを拒否しているのだ。わたしがあいつに執心することを、先輩はばかばかしいと思っているに違いない、とミノベは思い始めてもいたので、たとえ先輩がアレグリアに対していらいらしているところを目撃しても、ほとんど口出しはせずにおいた。

しかし、納期日の前々日になっても、先輩が四階のアレグリアにかかりきりのまま三階の作業場に戻ってこない時間が続くと、ミノベもさすがに心配になってきて、自分の彩色の仕事をおいて、アレグリアのいるフロアへと上がっていった。先輩はじっと立ってアレグリアを見下ろしたまま、パネルを凝視していた。

「何かまたごねてますか?」ミノベがそう言いながら近づいていっても、先輩はこちらを見もしなかった。「機械、見ましょうか?」

ミノベの言葉に、先輩は相変わらずパネルに視線を落としたまま、冷たい声で言った。

「それより自分の仕事をしたら?」

瞬時に胃が痛くなって額に汗が噴き出すのを感じた。先輩からそんな突き放した言葉を聞くのは、一緒に仕事をするようになってから初めてのことだった。

「それじゃあ、そうします」

普段そうすることなどないのに、その時は一礼して、ミノベは回れ右をしてエレベーターに乗り込んで、作業場へと帰って彩色の作業を再開した。その日はそれから一度も、アレグリアの近くへは行かなかったし、先輩も戻ってはこなかった。

二時間ほど残業をした後、タイムカードを押す時に先輩がまだ社内にいることに気がついたが、ミノベはそのまま会社を出た。

今まではいつもどちらかが残業してたら必ず助け合って、同じ時刻に会社を出てたのになあ、と帰りの電車の中で思い出して、ミノベはうつむき、しばらく顔を上げなかった。

納期日の前日になっても、先輩の長尺コピーは終わっていなかったが、ミノベの彩色作業もまた先の見えない状態だった。自分の仕事をしたら？　と言われてしまったことにそれなりのわだかまりもあり、一人でやってもらえるならそれに越したことはないし、というかこういう考え方が出すぎたものかもしれないし、とミノベは先輩に作業の進捗状況については一切訊かずに自分の作業に没頭した。昼休みも返上で色鉛筆を握っていたので、その日の定時以前は先輩とはほとんど顔を合わせなかった。

いいかげん腕も疲れてきて、そのうえで先々ながら終わりも見えてきたという状態になると、ミノベはいったん椅子から立ち上がって、作業場の先輩の机に置いてあるまだ綴じられていない報告書の紙の山を見に行った。断面図などはやはりきれいに塗られていて、一年のキャリアの差と、物事に対する根気という部分での素質の違いを感じた。ミノベはどうにもせっかちで、簡単にいらいらするようなところがあり、そういうところが穏やかな先輩と比べて他の社員にはあまり歓迎されていないと感じることがあった。とはいえ、先輩が落ち着いているせいで安心していらいらできるという事情もおそらくあるので、冗談まじりに、きみはあの子と比べて、と揶揄《やゆ》されることがあっても、ほとんど腹は立たなかった。

定時を過ぎて、先輩がいったん長尺の出力物を抱えて作業場に帰ってきた。どうですか？　とミノベが声をかけると、先輩は、うん、と特に答えることもなくうなずいただけでまた作業場を出て行った。ミノベは、先輩が持って帰ってきた長尺コピーの山を見ながら、こめかみを押さえて引き出しを開け、目薬を取り出して二度ほどさした。頭痛がしてきて、もうあと一歩というところでミノベは意欲を失いつつあった。そういう時はいつも先輩と話をしたりして気晴らしをしていたのだが、その先輩も近くにはいないのだった。

ほとんど手が動かなくなってしまい、これはきっと空腹のせいだ、コンビニにでも行こう、めしを買いに行こう、と作業場を出ると、社員は全員帰ってしまっていた。一言ぐらい声をかけてから帰れよなあ、とぶつぶつ言いながら、御用聞きのために上の階を覗きに行くと、人けのないフロアの片隅で、先輩がアレグリアを開けた姿勢のまま固まっていた。ミノベは、全身から血の気が引くのを感じた。

「止まったんですか？」

ミノベの言葉に、先輩は無言でうなずいた。時間外であることはわかっていたが、ミノベはそのまま近くにあった電話の受話器を取り、サポートセンターの番号を押した。コール音はすぐに録音に切り替わり、また日を改めておかけ直しください、と機械の女の声が繰り返した。

「あと何箇所分残ってるんですか？」

青ざめたままアレグリアの中を覗き込んでいる先輩は、ミノベの問いにしばらく何も言わなかった。すみません、とミノベがまた声をかけると、先輩はぶるっと震えて、やっと、十箇所ぐらい、と答えた。

「近くにプリントショップありましたよね……」

「六時で閉まるよ、あそこは」

「電車で二駅ぐらい行ったらフェデックスキンコーズがあったような……」

ミノベの提案を聞いているのかいないのか、先輩はゆっくりとアレグリアの原稿テーブルを下ろして閉め、ミノベの方を見た。表情というものを拭い去った顔つきで、先輩は、A3でコピーしたものを切り貼りでつなぐよ、と言い、原稿を持ってモノクロコピー機のところに歩いていった。ミノベもそれについていき、いつ終わるとも知れない切り貼り作業が始まった。

結局その日は終電で帰った。先輩はまったく喋らなかった。飲まず食わずでひたすらA3の図面を裏からメンディングテープで貼り合わせ、それが終わるとA4サイズに折り込み、それをまた特注の金文字仕上げの表紙に綴じていった。ミノベにはまだ少し彩色作業も残っていたが、先輩は手伝うとすら告げず、切り貼りをするまえに手早くそれを塗り上げてしまった。吐き気がするほど頭が痛かった。アレグリアのことを思い出す間もないほど作業に集中していたのだが、自宅の最寄り駅からの帰り道でそのことが頭をよぎると、ミノベは怒りで体のコントロールを失い、路傍の溝に自転車の前輪を斜めに嵌め込んでしまい盛大に転んだ。痛みと悔しさで、ミノベは泣いた。本当にあの機械が人間だったら半殺しにしてやる、と思った。

朝いちで取引先に持っていく、とその工事の営業担当であるシナダは言っていた。次の日、ミノベが会社に行くと、すでに報告書は持ち去られた後で、長尺図面の半分ほどがつぎはぎであることを弁明する余地はなかった。先に説明しておくより、後付けになったほうが相手の怒りはより高まる、というのはミノベが社会人になってから学んだ鉄則だったので、シナダにはこれまでの怒られ史上もっともねちねち言われるのは確定だな、とミノベは妙に冷静に推測した。

先輩は例によって何も言わなかった。仕事は、昨日までが嘘のように暇になり、時間の余裕だけはあったが、シナダからの審判が下されるまでのそれは、ただの延期された苦痛でしかなかった。

何を話すというわけでもなく、先輩と二人で作業場にこもってミスコピー用紙の整理などをしていると、ノックもなしにパーティションの中にシナダが入ってきて、七冊のうちの四冊ね、と一切の説明を省いた話を始めた。

君らが作ってるのは商品だろう、そのこともわからずに今まで仕事をしてきたのか。なんだあの汚い図面。それもひどいやりかただ。つぎはぎのくっついたところの字が潰れて読めなくなっていた。僕は平謝りしたんだぞ。いや、相手が特別うるさいとかそういうことじゃない。君らがどういう意識で仕事をしているんだってことだ。それを見直す必要を今回は感じた。

そういう言葉は予想できていたので、ミノベははいはいとうなずき流したが、先輩が心配だった。盗み見た先輩の顔は、青ざめていた。初めて見るような面持ちだった。先輩はシナダに気に入られているはずなのだった。先輩もシナダを「尊敬している」と言っていた。その関係が、この場ではどうだろう。

僕が聞きたいのはすみませんなんて言葉じゃなく、君らがこれからどうするかってことだ。そういうふうに言うんならどうして始めからそうしないんだ。どうしてそんな半端な気持ちで仕事をしているんだ。

シナダは、二人に「これからの仕事のやり方」について話させては、じゃあどうして始めからそうしないんだ、とその芽を摘んでいった。何を言ってもシナダが満足するということはないのだろう、とミノベは思った。

シナダが作業場を訪れてから出ていくまでの間に、一時間が過ぎていった。向かいの席で先輩はただうつむいて、少し震えていた。ここに入社して、初めてこんなふうに文句を言われたのだろうとミノベは思った。それからも二人はほとんど何も話さなかった。

定時近くになって、一日かまいに行かなかったアレグリアの様子を見に行った。結局メンテも呼ばず、もうおかしくなったんならそのままでいろ、もう、という気持ちでいたのだが、一度も内線で呼ばれなかったことを考えると、幸運にも誰もアレグリアを使ってコピーしたりデータを出力したりしなかったのかもしれない。

はたしてアレグリアの傍には、めったにそんなところにいたためしのない社長が立っていて、社員と何事か話し合っていた。社長は、アレグリアからびろびろと出力されてきた長尺のプリントを受け取り、おお、と驚いた。

「あ、ミノベさん」そのまま帰ろうとしたら、そう呼び止められたので、ミノベは一礼して社長の方に向き直った。「この機械はすごいねえ。早いし、なにより賢いね」

ミノベは、そうですね、と同意しながら歪んだ笑いを浮かべた。変な顔をしている、やめなければ、と自分でも思ったが、目が眇《すが》まって口元がねじれるのを、ミノベは止めることができなかった。憎悪がこみ上げた。

アレグリア。おまえは人を弄《もてあそ》ぶんだな、そうなんだな？

5

その夜は、ミノベはほとんど眠れなかった。光が部屋に差し込んでくるのは基本的に疎ましい事象だったが、その朝ほどそれに苛立ったことはなかった。トイレに立つためにベッドを下り、なんとなく身支度を始め、そのまま家を出て会社へと向かった。通常よりも一時間半早い出社だった。社長はいつも始業より二時間早く会社に来ているが、社長室にこもって新聞を読んでいるので、出社して誰にも見られないでいられるかということに不安はなかった。

早朝の空いた電車のシートに足を開いて腰掛け、肩越しに窓の向こうの景色を覗き込みながら、始業まで一時間ほど余らせてマクドナルドに行って、今までしたことのない朝マックをしよう、と思った。三十分で事足りるはずだった。あいつをやるのは。あいつを。

頭痛がひどかったので道中のコンビニでレモン味の発泡水を買い、それを飲みながら作業場で工具を探した。何を持っていこうかと考えるのも面倒だったので、工具箱をそのまま持って上に上がり、アレグリアのところに行って電源を入れないまま原稿テーブルを開けた。

アレグリアがミノベの会社にやって来て、約一年にさしかかろうとしていた。ミノベや先輩には何の相談もなく、前の機械が元あった場所からなくなっていて、違うところにアレグリアは設置されていた。前のは、吐き出す枚数ごとに一回ずつ原稿を飲まなければいけないような融通のきかないところはあったが、ゆっくりであっても休みなく働き、出力物にときどき筋を入れたりするのも、古い機械なんで、というと、仕方ないとされてしまう部分があった。そのぐらいにぼろの機械だった。愛着があったというわけでもないし、出力物を汚しては何度も何度もメンテを呼んだが、今考えるとそれなりに素朴で誠実な機械ではあった。とにかく、やれることをやろうとのろのろながらに動き、調子が悪くなってもその理由は理解しやすいものだった。

しかしアレグリアは、高機能という触れ込みでありながら、それに驕《おご》るかのようにうやむやなメッセージを表示して仕事をさぼるのだった。一分あたりの出力枚数などを改めて計測すると、はたしてどちらの機械のほうが仕事が速いのかについては、今となっては確かめるすべもないのだが、ただその機械としての姿勢は、前の機械のほうが人間として好感が持てた。あいつをもっとちゃんと使ってやればよかった、とミノベは今更ながら悔しく思ったが、機械の寿命を延ばす方法もまた、ミノベは知らないのだった。

仕事がすごく速いというわけではないが、ずるをしたりせずに黙々と着実に働くトチノ先輩は、前の機械に少し似ているのだと、回想に耽りながらミノベは思った。シナダにくどくどと文句を言われていた時の先輩の顔つきには、本当にいたたまれないものがあった。表情というものはいっさい消し去られ、光のない目をして、唇と頬は青ざめていた。朝早く起きて髪を巻くような自己管理能力があって、それなりにかわいらしい見た目をしているし、そのうえ真面目で気が優しいから、彼女をあそこまで陰険に怒る人間なんて今までいなかったんじゃないかとミノべは考えた。先輩とシナダはお互いに良い印象を持っていたはずなのに。それと仕事は別だということはわかるけれども、そんなにいつもかしこぶっているんなら、先輩が怒られることに対して耐性がないことぐらい読み取れないのか。おまえほんとは大したことないんじゃないのか？　知ってたけど。

ミノベは、アレグリアの内部を覗き込みながら、自分がいったい何に怒ったらよいのかよくわからなくなってきていた。アレグリアに対してか、アレグリアを直しに来ても直しに来ても着実な結果を出さないアダシノに対してか、それともこんな機械を会社にねじこんできたコピー屋だかその子会社だかの営業の男に対してか、そいつと取引したシナダに対してか。すべてをどうしようもないとミノべは思った。けれどその連中のうちで、ミノべが今どうにかできるのは、目の前のアレグリアだけなのだ。

ミノべはうつむいてシューズの爪先を眺めながら、アレグリアに対していちばんむかついた記憶を胸の底から掘り起こした。メンテを呼べと言っておいて、呼んだら来る前に直ってしまったことや、待機に入る前に八秒間もわめくこと。あたしもうだめええええ、とばかりに。思い出しただけでも歯嚙みするほど腹が立つのは、いちばん最後の性癖だった。

おまえが人間だったらこうしてる。

ミノベは背後の壁まで後ろ歩きで下がって、小走りになって跳び上がり、アレグリアを両足で蹴りつけた。履き始めてから一年以上洗っておらず、社内の埃を集めるだけ集めたミノベのシューズの足型は、くっきりとアレグリアのアイボリーホワイトの胴体に刷り込まれた。尻から床に落ちそうになるのを、それだけは情けないのでなんとか持ちこたえ、ミノベは精神的な息の詰まりで肩を上下させながら、アレグリアに押し付けられた自分の足型を眺めた。それは方向が不ぞろいで、あまりきれいな足型とは言い難く、まるで子供のつけたもののように小さかった。ミノベはそのことで我に返り、これがばれたらどうなるのだと冷や汗をかき始めた。先輩はローファーを履いて仕事をしているので、スリッポンシューズを履いていて社内でいちばん足が小さい者といえばミノベだということはすぐにわかるだろうと思われた。ミノベは、工具の中から消しゴムを探し、しかし見つからず、いちばん近くのエガワさんのデスクの中にあった消しゴムを拝借して足型を消し始めた。しかしそれはなかなか消えず、その胴体の前に悲壮な顔でしゃがみこんで、分解するための工具まで持ってきておきながら、足型ひとつで焦っているミノべを、アレグリアはまるで嘲笑いながら見下ろしているようだった。

三十分ほどかけて自分の足型を消しきる頃には、消しゴムはずいぶん小さくなっていた。ミノべは、せめてもの罪滅ぼしにと備品のキャビネットから新品の消しゴムを出してきて、少し汚してエガワさんのデスクの引き出しにしまった。

エガワさんのデスクの上に両手をついて、いったい自分は何をしていたんだ、と茫然としていると、エレベーターの表示がふいに動き出して、誰かがフロアにやってくることがわかった。ミノべは、追い立てられるように非常階段へと飛び出し、そのまま会社を出て、近所のコンビニへと走りこみ、来た時に買ったものとまったく同じレモン味の発泡水とおにぎりを手にしてレジへと向かった。

ロッカーでおにぎりを食べているところを他の女子社員に見つかり、ミノべさんがこんなに早く来てるなんて、と珍しがられ、いやあ、まあ、などとお茶を濁しながら、先輩がいつも出社する時刻になっても会社に来ていないことを不審に思った。始業時刻になっても先輩は来ず、会社にも、ミノベにも、他の社員にも、何の連絡も入っていなかったことが判明し、ミノベは落ち着きをなくし始めた。

絶対に無断欠勤なんてする人ではないのだ。淡々と仕事をこなすだけのようでいて、責任感はとても強い人だ。風邪は土日にしかひかない。だって平日に休んだら迷惑がかかるでしょ、と言う。ミノベは、土日に病気をするのは損だと思っていて、できれば月曜の朝にかかるのが望ましいと常々考えている。

ショッピングモールの仕事を提出するまでがまるで夢だったとでもいうように、ミノベは暇だった。非常に波の大きい仕事とはいえ、その波というのが続いても二週間や三週間で、それからまた同じぐらい暇になり、そしてまた何週間か忙しくなる、というのが主たるサイクルで、何か月もぶっ通しで繁忙期が続く、ということがないのがミノベにとっては働きやすいのだが、その余裕が今はすべて先輩への心配に変わっていた。いつも以上に紅茶を飲んでは時間をやり過ごし、そのせいですぐに用を足しに行きたくなり、そうするごとに先輩に連絡をとろうと試みたのだが、電波の届かないところにいるか携帯の電源が入っていないのでつながらない、と機械の女の人の声がそっけなく答えるだけだった。

先輩の欠勤を特に気にかけている人間は、ミノベ以外にはいないようだった。皆、トチノさんトチノさんと忙しい時には頼りにするくせに、そうでない時に彼女が不在であってもなんとも思わないようで、ミノベにはなんだかそれが腹立たしかった。

むかむかしながらロッカールームからの帰りの廊下を歩いていると、同じく腹を立てた様子のイノモトさんが向こうからやってきて、あっ、ミノベさんっ！　とおおげさな仕草でミノベを指差す。なんだよ、どうせたいしたことじゃないんだろうよ、と心中でいなしながら、なんでしょうか？　と、つとめて、お探しになっていたのならこんなところでお会いして大変遺憾だ、という様子を装って、真面目な顔つきで見返すと、あいつ、あの大判、またへんなんだよ、見に来てくれっ、と、心底苛立った様子でエレベーターのボタンを叩いた。

「何やらかしたんですか？　あいつ」

「プリントできないんだよ、何回やっても」

イノモトさんは顔をしかめて舌打ちした。ミノベは、もっと早くこの人あたりにあいつのひどさが伝わっていればなあ、と残念に思った。イノモトさんぐらい気が短い人なら、さぞ一緒にアレグリアへの罵倒で盛り上がれただろうなあと思うのだ。

アレグリアの周りには、そのフロアで仕事をしている全員がいて、電源をつけたり消したり、中を開けたりしていた。

「コピーは出来るんだけど、LANが機能してないみたいなんだ。スキャンしてもPCにデータが入らないし、逆にPCから印刷しようとしてもできない」

ミノベは、へえ、と相槌を打ちながら、ほとんど大騒ぎといった態の男性社員たちをぐるりと見回した。自分たちの足を引っ張るとなったらここまでおろおろするのだ。逆に、今までアレグリアがどれだけちゃんと男の社員の要求には応えてきたかがわかって、もうおまえは立ち直るんじゃない、そのままむかつかれ続けろ、という気分にさえなった。

「わたしじゃどうにもできないですね」

もはやパネルの表示すら確認せず匙を投げると、じゃあメンテ呼んでよ！　とイノモトさんは原稿テーブルをばーんと叩いた。ミノベは、いちばん近くの電話の受話器を取り、暗記してある番号を押す。はじめに出たオペレーターに社名を伝えると、いつもの通りニシモトという人物につながれる。今はアレグリアにかまいたくない、それよりも先輩が心配だ、という考えにとらわれていたミノベは、データが送れないんですよ、などと普段よりフラットでいいかげんな調子でニシモトに様子を伝えた。

承知しました、すぐにサービスの者を手配いたします、というといういつものフレーズを聞き届け、アダシノが「今から行きます」という連絡を入れてくる定時寸前になっても、結局先輩は会社に来なかったし電話もつながらず、どうして来ないのかについて会社に連絡してくることもなかった。

今日はもう帰ってやろうか、と思いつつも、いらいらしているほかの社員の手前そうすることもできず、データが送れないんですよ、と適当な説明をすると、アダシノの表情が変わった。どこでもいいのでパソコンからデータを送る様子を確認させてください、とアダシノが言うので、近くのエガワさんのパソコンを使って適当なものを印刷する命令を出すと、画面上には「プリンタが見つかりません」というダイアログが出る。次にアダシノは、硬い面持ちで、フロアの各パソコンをつないでいるハブのところへ行き、水色のケーブルが病的なまでに差し込まれているその機器をじっと眺める。

それからアレグリアのところに歩いていくアダシノを遠巻きに見守りながら、心底どうでもいい、とミノベは思った。本当にどうでもいい。これは勝手に会社が入れた機械で、自分は仕事で使っているけれども、こいつの態度の悪さや虚弱さに対して、自分は何ら責任を負うものではない。

もしかしたら派遣されているアダシノにすら、それは関係ないことなのかもしれない。彼はただ、この人を不幸にする機械を作った側の末端の代理としてきているだけだ。真にこいつの欠陥に責任があるのは、こいつを設計した人間たちであり、この機械を会社に入れた営業であり、よく確かめもせずにミノベたちに使わせることにした社長や機材搬入担当のシナダである。

そう考えると、自分がこのフロアにいてアダシノを見張っていることがむやみにばかばかしく思えてきたので、ミノベはアダシノに、作業が終わったら、フロアにいる別の社員に自分へ内線してくれるように頼んでください、と言って、その場を去ることにした。

席に戻って、ポットの底に残った白湯を飲みながら、裏紙でメモ帳を作った。いつもなら家に戻っている時間で、強烈な不公平感を感じるのではないかと思われたけれども、そうでもなかった。ただ、ミノベの精神は、すべての方向に対して冷えきっていた。

内線は、思ったより早く鳴り響いた。めんどくさいめんどくさい、とエレベーターの中で大声で言いながら上に上がると、アダシノが、エガワさんのパソコンとアレグリアの中間の位置に立っていた。まるでどちらの機器とも関係がないかのようだった。

「ちょっと今の状態では何が原因かはわかりかねますので、いったん事務所に戻っていろいろ調べて、明日また来ます。ご迷惑をおかけします」

アダシノはそう言いながら立ち上がり、ミノベに頭を下げた。ミノベは、拍子抜けしたようにその様子を眺めながら、いいですよ、急がなくて、などと言ってしまうのだった。ついにおまえはあいつにまで造反し始めたか、あいつのいうことはよくきいてたのにな、と冷たい調子でアレグリアを揶揄しながら、ミノベは原稿テーブルの上でメンテナンス報告書に適当なサインを書き、アダシノに渡した。

引き上げるアダシノの、ご迷惑をおかけします、という言葉を聞きながら、明日は絶対帰ってやる、とミノベは思い出したように青竹代わりにアレグリアのケーブルカバーを踏み始めた。土踏まずのたいした慰めにはならないけれど、やはりそれでもそこそこ気持ちがいいのは変わりなかったが、ただ、その感触がいつもより軽いような気がした。踏めば踏むほど軽くなっていくのだ。

なんだろう、とふと、ケーブルカバーから出たケーブルがつながっている先を見遣ると、赤色だったり水色だったり黄色だったりするケーブルの束のうちの一本が、緩んできているようだった。ミノベは、もしや、と思い、作業室から工具を持ってきて、床に埋め込まれた金属の金具で固定されているケーブルカバーを開けた。金具は容易に床から抜けた。一度誰かが抜いて、またはめこんだようだった。

カバーの中では、アレグリアに続くＬＡＮケーブルがペンチのようなものでちょん切られていた。ミノベの背中を、冷や汗が伝い降りていった。何をしてるの？と他の社員に覗き込まれそうになり、いやいや、こっちもどうかと思ったんだけど、何もなかったです、とへらへらしながらケーブルの束にカバーをかぶせ、金具をはめこみ、何度か踏んで固定した。昨日先輩は、ショッピングモールの仕事が一応は終わって暇になったというのに、なぜかミノベより帰るのが遅かった。定時が近づくとそわそわしてどうも要領よく仕事を片付けられないミノベに対して、先輩はそのへんはとてもスマートな人だというのに、なぜか席で何をするともなくぐずぐずしていた。額が熱いので手を当てると、指先からは血の気が引いていた。

6

あいつ死んだよ。

は、何が？

あいつだよ、おまえが拾ってきて不正に横入りさせた……。

アレグリアの機種と機械番号を言うと、ヒガワは、ああ、ああ、と鈍く相槌を打った。

死んだってどういうことだよ？　おまえはあれの世話をし続ける約束だろうよ。

知らんよ。もう死んだんだから関係ないだろ。

アダシノの言葉に、ヒガワはまだ何か反駁し続けていたが、アダシノは通話を切ってしまった。なんだかものすごく疲れていて、これ以上何か考える気にはならなかったし、ヒガワの声なんかもちろん聞きたくなかった。

気晴らしにラジオをつけると、「大丈夫だから」とか「大事な夢のために」だとかいう男の歌声が聞こえてきて気が滅入ったが、それでもヒガワの声を思い出すよりはましなので、そのままにしておいた。

決心がついた。誰がハブと機械をつなぐケーブルに細工をしたのか知らないけれども、あの機械を憎んでいるのは、自分とあのうるさい社員だけではないらしい。だからもう、あいつはこれ以上動かないほうが三人以上の人間の心の平穏のためだ、とアダシノは半ば自棄の判断を下した。死んだ、とヒガワに伝えたのは、ほとんどでまかせだったが、実際にそういうことにしよう。

もっとも、ヒガワともう仕事をしたくない、という気持ちは、今日あの機械を見に行く前から決まっていた。

正午前に事務所に帰ったときに、一緒に昼食を食べに行った同期が先週のサポートセンターと営業部との飲み会の話をしてきた。ヒガワから、おまえは予定が入ってるから別に誘わなくていいっていてきいてたんだけど、とその同僚は言っていた。そんなことなかったよ、とアダシノが言うと、彼は妙な顔をして、ヒガワなんでそんなこと言ったんだろうな、と首を傾げていた。アダシノも、なぜヒガワが自分を飲み会から弾いたのかはじめはよくわからなかったが、同僚の話をきいているうちになんとなくその理由がわかってきた。

ヒガワは飲み会で、ニシモトというサポートセンターの社員の傍から離れず、盛んに口説くような素振りを見せていたんだそうだ。それはヒガワが企画したような飲み会だったが、ヒガワ自身はほとんど仕切らず、その同僚がいろいろと世話をする破目になって、彼自身も腹を立てている様子だった。

あいつ前に昇進したけどさ、そんなにできる奴なの、口がうまいだけに見えるけど、すげえ人使い荒いらしいし、と同僚は、紙ナプキンで作った折り鶴を手のひらで叩き潰していた。

アダシノは薄目を開けて、いったん助手席に置いた携帯電話を手に取って着歴を呼び出し、ぼんやりと眺め下ろした。事務所や同僚からの着歴に混じって、ニシモトが直接かけてくるサポートセンターの番号が表示され、アダシノはそれを選択し、目をつむって発信ボタンを押した。膝の上に置いたままの手の中の携帯電話から、コール音が何度か聞こえて、本日の業務は終了しました、という機械の女の声が流れてきた。アダシノはぼんやりとそれを聴きながら、これを降りたら、もうニシモトと話すこともなくなるんだろうかという考えに耽った。

金のことはもう自分でなんとかするしかない。借金はもう少しで完済だし、今の部屋からグレードを下げたところに住んで、今度こそもう本当に、玉打ちをやめるんだ、その後に呑みに行くのもやめるんだ。

今更決意しなければいけないほどに、それらが難しいことであるとは思えなかった。ただ気がかりなのはニシモトのことだった。

本当は自分は途中から、ヒガワがくれるもぐりの仕事の小遣いじゃなくて、ニシモトと特別なつながりを持っていると思うためにアレグリアに関わってたんじゃないか、とアダシノは考え、いや、でもそれほどの金の余裕だってないんだ、とそれを打ち消した。

ヒガワは際限なく自分を馬鹿にしている。ならもう、これを機会に、あの機械を葬って関係を絶つだけだ。

おまえを見捨てることに決めたよ、アレグリア。

アダシノはラジオを消し、ひどく目をこすった。あんまり目を掻いちゃだめだよ、という前の彼女の言葉が、なぜか頭によぎった。

先輩は次の日も来なかった。寝つきが悪かったミノベは、その日の朝も早くに目覚め、そのまま会社に出かけ、やはりLANケーブルが断線していることをたしかめ、ロッカールームでおにぎりを食べているところを他の女子社員に見つかって冷やかされた。最近血圧が高くて、とごまかしながら、どうしてトチノさん会社に来ないの？何かあったの？という質問を受け流し、密かに先輩に何度目かのメールを打つものの、返信はまったくなかった。

ほかの誰かにケーブルの断線がばれたらいったいどうなるんだろうか、と考えると、気が遠くなった。シナダは真っ先にミノべを疑うだろう。たとえ何の証拠もなくても、ただもう感情だけを根拠に、ミノべを槍玉に挙げるだろう。けれどそれ以上に、先輩がそこに名前を連ねることを考えるとぞっとした。自分が文句を言われることに関しては、腹が立つ、事務椅子で殴ってやりたい、非常口の鉄のドアではさんで殺してやりたい、という気持ちで胃の底が痛くなるのだが、先輩がシナダにやり込められているところについて考えた時に、ミノべの体に湧き上がるのはひどい寒気だった。どちらがましということはない。どちらもないにこしたことはない。

業務はやはり暇で、暇であればあるほど気が緩んでミスを重ねるというミノべ自身の前例どおり、書き終わった図面を保存し忘れたままプログラムを閉じたり、なんとなくフロアを移動しながら、なぜ移動したのかの理由がわからなくなったり、ということの繰り返しだった。

一日使えなかった、というだけで、アレグリアを取り巻く男性社員たちの様子は、早くも魔女狩りの様相を呈してきていた。曰く、どうしてまだメンテナンスは来ないんだ、もともとおかしいと思っていた、前の機械のほうが良かった。だからあれほど自分は苛立っていたのだ、と主張するのも馬鹿らしく、ミノベはつとめて部外者を装い、アレグリア自体に近づくということを控えていた。先輩が会社を二日連続無断欠勤しているということには、相変わらず誰もが無関心だった。

自分もできればうちに帰りたい、とだんだん先輩に対する恨みの気持ちすらつのり始める午後になっても、連絡は取れなかった。午前から更に勢いを増した、アレグリアを吊るしたい連中の群れの怒りは、取り澄ましてただそこに鎮座しているアレグリアから、いつのまにか担当者のような扱いになっていたミノベへと向けられ始めた。

「メンテ呼んだの？」

「昨日来た時点では明日また来るって言ってました」

「早くなんないの？」

「どうでしょう」

「ミノべさんでなんとかなんないの？」

「どうにもなんないです」

「ていうかあの機械の責任者ミノべさんだろ？」

そう抑え付けるように言われると、ミノべはさすがに苛立ち、手に持っていたマウスを乱暴に離して、傍らのペン立てにぶつけた。

「わたしじゃないです。あの機械を入れたのはシナダさんです。何かあったらシナダさんに言ってください。機械を入れた営業と喋れるのはシナダさんと社長だけなんです」

ミノべがまくし立てるようにそう言うと、さきほどまで詰問口調だったイノモトさんは目を丸くした。

「そうなの？」

「そうですよ、シナダさんです。ほんとはわたしがサポセンに電話をかけることすらおこがましく思ってんじゃないですか」

ここぞとばかりにシナダの機材搬入に対する専制体制を批判するため、更に言葉を継ごうとすると、そうなの、とイノモトさんはもう一度繰り返してミノベから離れていった。ミノベは舌打ちしてマウスを手元に戻し、三回目に書く同じ図面に取り掛かった。まったく身が入らなかった。アレグリアから延びたLANケーブルの断線について、先輩の無断欠勤について、その関連性について、ミノベの頭の中で考えは澱《よど》んで、耳から漏れてゆきそうだった。

定時後すぐに、アダシノはやってきた。いつものように到着五分前に連絡してきたので、ミノベは内密に話をするために、その電話の後すぐに玄関まで下りて、アダシノを迎えにいった。アダシノはやはり焦った様子で工具入れを重そうに運びながら現われ、ミノベがガラスのドアの向こうで待っていたことに目を丸くした。

エレベーターのボタンを押しながら、あいつがデータを送らなくなった理由がわかりました、と言うと、そうですか、とアダシノは落ち着き払った様子でうなずいた。ミノベは一瞬、こいつもしかして全部わかってるんじゃないか？　という疑念を抱いたが、それで、原因は何でしたか？　外部からのものでしたか？　と訊いてくる口調がそこそこ真摯だったので、あまり疑いすぎるのもやめることにした。

何にしろ、ケーブルの断線の原因が先輩にあることを隠すためには、こいつの協力が不可欠である。もう、感情的に毛嫌いしている場合ではないのだ。ミノべは深く呼吸して、暗い声で告げた。

「その前に、いちかばちかでお願いしたいことがあるんです。わたしがこれから言うことを絶対に他には口外しないこと。上には伝えないこと。記録には残さないこと」

これは、あいつに困らせられてきた人間同士の共感をもって聞いてほしいことなんです、とミノべは言いながら、自分のもの言いが決して大げさなものだと思えないことに自嘲しつつ、断線の件を伝えた。

アダシノは、誰がやったのか、ということはもちろん、どうしてそんなことが？とすら訊いてこなかった。それほど、あの機械には何が起こっても、どれだけ恨まれても仕方がないということなのだとミノべは思った。

やっと降りてきたエレベーターに乗り込みながら、ミノべは、まだ何か言わなければいけないような気がしてそれを探しつつ、アダシノはそれを待っているのか、それとも何かミノべの頼みに対する交換条件を考えているのかと考えた。

「いっそのこと」アダシノが口を開いた。その声はくぐもっていたが、ミノべはその一言一句を聴き逃さないように耳を澄ました。「いっそのこと、あいつを葬りましょう。この機会に」

額に汗が噴き出した。耳を疑った。

「出荷時における、見落されていた致命的なエラー、ということにしましょう。私がそう報告します」

エレベーターのドアが開いたあとも、ミノベはしばらくアダシノの言葉の意味について考えていた。メンテナンスの人間、いわばアレグリア側の人間が、どうしてそんなことを言うのかは見当もつかなかったが、ただわかったのは、アダシノもまたあの機械を憎んでいたということだった。それだけでもいい、とミノベは思った。自分はそういう人間が現われることを待っていたのだ。

だからどうしてそれを口に出してくれなかったんですか。

ミノベは、眉間《みけん》を押さえてうつむいた。先輩の在り方。物事を悪しざまに言わない、焦らない、どんな時も他の社員の利益を優先させる、ということ。その深層にあった、何か呻《うめ》きのようなものを、ミノベは聴いたような気がした。まだ手遅れではないんですと先輩に伝えたかったが、彼女はその言葉すら拒んでいるように思えた。

ミノベはいつもと同じように極力目を合わせずにアレグリアのところに案内し、他の社員達にはわからないようにケーブルカバーを指差した。

「この中です」

「開けていいですか?」

「今はちょっと……。タイミングが良さそうになったらそう言いますんで、点検してるふりでもしといてもらえますか」

共犯か、とミノベは奇妙に思った。つい数日前までこの男は、憎んでいる人間の上から十番目までには入る存在だったのに。

なくなっていてもばれそうにない余りもののLANケーブルを探してきて、アレグリアに近い席の社員や、アレグリアに近づいてきそうな社員がはけた後、ようやくミノベはアダシノにケーブルカバーを開けてくれ、という指示を出した。

「LANのことは私どもの仕事ではないんですが、一応、断線していたことがわからないようにしときますね」アダシノは手早くカバーを開けて断線しているケーブルを引き抜いていった。「憎かったですか?」

アダシノは顔を上げずにミノベに質問した。棒立ちのままフロアをぼんやりと見張っていたミノベが、アダシノの方を振り返り、ええ、まあ、と曖昧な答えを返すと、私は基本的にコピー機は好きですけれども、こいつはものすごい性悪ですからね、とアダシノはきわめて生真面目な顔つきで言った。

「でも機械が入れ替わったとしても、劇的には変わらないかもしれないのは覚悟しといてください。複合機はたいてい気まぐれですしね」

アダシノは目を眇《すが》めて、顎でアレグリアを指し示し、少し歪んだ笑いを浮かべた。まるで作業についての説明を他の社員にしている時の自分を見るようだ、とミノベは思った。正確には、その時の自分の顔を鏡で見たことはないのだが、昨日アレグリアを褒めていた社長の前で、自分はこんな顔をしていたんだろう、とミノベは思った。

働いてるのはみんな同じだ、とミノベは誰かに言いたくなった。けどその中にあって、少しだけ、油田から延びたパイプに穴を開けて石油を吸い上げるように、らくをしようとしたり、自分にだけ有利なようにことを運ぼうとしたり、ちんけな自尊心を満足させたりしようとするやつがいる。けどわたしたちはわかってる。そういうやつらの顔も罪も。わたしたちにはわかっちゃいないとやつらは間抜け面《づら》を晒《さら》してケチなことをし続けるけども。

この人はその、「やつら」ではない、とミノベは思った。すでに先輩は帰らないような気がしていた。前者の思いつきは、本当に微々たるものにしかすぎないが、後者の予感の先を支えるようなものになってゆくような気がした。

7

前の機種は、もう十何年も前の古いものだったのに、最新のものと同じだけの保守料金を取っていたのだという。そのこと自体に問題はないが、それに気付いたあの会社の社長はえらく腹を立てて、契約を解除すると言い出した。営業担当のヒガワは当時、査定が上がるか上がらないかの瀬戸際で、その契約を落としたら確実に現状維持になってしまうところで、なんで今気づくんだよあのおっさん、もうちょっと先でいいだろ、と毒づいていた。あの会社の社長はえらい剣幕で、これはある意味詐欺だとまで言い出し、ヒガワを叱り飛ばした。ヒガワはそれをとりなすために、格安の保守料で現在最高の機種を入れる、と確約し、交渉に勝ったと勘違いした社長はヒガワの話にのってきた。もちろん、それまでそこにあったぼろと同じようなコストで、最新機種の最上位機を入れるというのは無理な話なのだが、ヒガワは中国に飛び、そこの工場から密かにジャンクを調達してきた。それをあの会社にねじこみ、社内に対しては前のぼろと同じグレードの機種を入れたということにして、メンテナンスのアダシノを買収し、サポートセンターのニシモトをだまくらかし、一本の決まった虚構のラインを作り上げて、ヒガワは晴れて昇給した。一台浮いた機械はどこかに売り払って、ヒガワはそこでもいくばくかの金を手にした。

ジャンクというが、実際に他の同機種の機械と比べて、突然わけのわからないコードを出して止まってしまうという以外はさほど大きな違いがあるようにはアダシノには思えなかった。あの社員が調べ上げた、稼働時間による出力枚数の推移や、二分というウォームアップタイムや、食わせたロール紙を余らせることなどは、他の機械も同じだったからだ。見たところ、あの社員がいちばん腹を立てているのは、止まる、ということと以上に、休む、ということで、あのあと少し話をしたのだが、こいつがウォームアップに入るときに八秒もピーッっていうのがどうにも癇《かん》に障ります、という事実に関しては、もう設計上そうなっているとしかいいようがなかったのだった。

開発をしている人はコピー機を使うんでしょうか？　と、あの社員はとても素朴な疑問を呈していたが、それにはアダシノは答えようがなかった。使うでしょうが、ただ、あなたと同じ使い方はしません、という何かをごまかした返答だけが口を衝きそうになり、しかしそれはどこか不誠実な物言いだとアダシノはいったん唇を噛んで、彼らが想定していない使い方もあるでしょうね、と言った。あの社員はそのアダシノの言葉に、へっと鼻を鳴らして窓の外を見遣った。

なぜ、誰がケーブルを断線させたのかについては、結局教えてはくれなかったし、アダシノも訊く気にはならなかった。そういう行為の要因となる衝動については、アダシノにも理解できないことはなかったし、誰がやった、なぜやった、を明らかにしても、自分自身にとっては意味がないと思ったのだった。

今はとにかく、どうやって報告するのか、それとも自分だけでこの件は握りつぶすのかについて考えるのみだった。あの機械を下げさせて、ヒガワのごまかしをすべてばらすとなると、当然その恩恵を被《こうむ》っていた自分もまたとばっちりをくうだろう。それでも大きな騒ぎになることはないと思った。ただ静かに解雇のようなことをされるか、それとも、そういったごまかしをしている人間は実は大勢いて、ちょっとした注意を受けるだけなのか。

このまま何も言わず、機械が完全に壊れたということにして、ヒガワが契約を失い、減俸になる、というなりゆきが現実的なようにも思えた。とにかく自分は、あの社員が言うとおり、断線の件は誰にも漏らさず、あの機械は決定的にだめになってしまった、ということにして、友達にでも頼んで機械を運び出してもらうぐらいが関の山だろう。そしたらまたヒガワは中国からジャンクを持ってくるのだろうか、でももうその相手はしない、とアダシノは決めた。おそらく、今度という今度は、ジャンクではなくちゃんとしたものを入れなければならないし、そうするには相応のコストがかかるだろう。そもそも、あの会社の社長が、一年足らずで壊れるような機械をつかませた営業と、もう一度まともに話をするとは思えなかった。

それより今は、とアダシノは携帯電話を開いて、サポートセンターからの着歴を呼び出した。今日はもう遅いから、本日の業務は終了しました、と言われるだけだろうから、明日の昼休み前にでも電話をしようと思った。今度めしでも食いに行きましょう、と。この先について何も明白なことはなかったが、とりあえず今のところは、ニシモトさんにそう伝えることだけを考えよう、とアダシノは思い、溜め息をついて、営業車のエンジンをふかした。

会社からアレグリアが運び出されてから、次の機械が入ってくるまでは、ほとんど恐慌状態と言ってもよかった。どうしてなくなんのっ？　とイノモトさんに訊かれて、シナダのあほはそんなことも説明してねえのかよ、と改めて自分の会社の横のつながりの希薄さに呆れながら、ミノベは、あいつは結局壊れたんで別のを入れるんですけど、メーカー変えるらしいんですよ、そんでその接続がうまくいかなくて、今日明日は大判なしで仕事しないといけないんです、と答えた。イノモトさんは、担当者だれだっ、あ、シナダかっ、ちゃんとそういうことは言えこのバカって言ってこないとっ、とぷりぷり怒りながらエレベーターに乗り込んでいったので、ミノベはしめしめとそれを見送った。

社長はアレグリアの後に、ゆくゆくはモノクロとカラーの複合機を一台ずつ契約する予定だったそうだが、アレグリアが「元に戻らない」ということになった後、一度営業の人間が会社にやって来て話し合いが持たれ、それっきりその計画もなくなってしまったのだという。

アレグリアが運び出される時を始めとして、あれから何度かアダシノは会社に他の機械を直しにやってきたが、その時にはもう、鷹揚ないつものアダシノに戻っていた。

ミノベは、アダシノと話し込んだことをまるで遠い日の出来事のように思いながら、淡々としたその説明を聞いていた。コピー機の会社が変わることについてや、アレグリアがどうなったのかについては質問しなかった。アダシノが来るたびに、何かを訊こうと思うのだが、すぐに忘れてしまうのだった。

新しい大判プロッタの導入にあたっては、ミノベも営業との話し合いに参加した。イノモトさんが、うちの部署からも代表者を立てさせてもらえないとおかしい、と社長に直談判したらしく、部署全員がめんどくさがったあげく、ミノベにそのお鉢が回ってきた。会社は違うというのに、どことなく前の機械の担当者にも似た雰囲気の若い男の営業に、ウォームアップタイムやロール紙を巻く部品の劣化時期などについて質問しながら、シナダを横目で見ると、うなずいてはいるもののまったく話の内容をわかっていないという態の曇った目をしていて、ミノベは満足した。

「前の機械は電源を入れてから一分で立ち上がるというふれこみでしたが、途中で二分ずつ休むところがあって、それについては説明書に書いてありませんでした。こちらのはどうなんですか？」

そう早口でミノベが訊くと、うちのはもう少し早いですが、すぐにというわけにはいきませんね……、と担当者がどちらともつかないふうに答えたので、できるだけ長く連続して働いてもらうにはどうしたらいいですか？　とミノベが重ねて質問すると、それはメモリの増設ですね、と担当者はカタログの増設機器の部分をめくって社長に見せた。

「一回増やせばすむことだし、これをかませばかなり仕事は速くなりますよね？」

ほとんど畳み掛けるような口調で問いかけると、それはそうですね、と担当者は同意し、じゃあ、それも購入しないとね、と社長が言った。シナダは何も言わなかった。その後社長は、モノクロとカラーの複合機の一台ずつの契約をつぎつぎに決定し、担当者は深々と頭を下げて帰っていった。彼が社長の次に名刺を渡したのは、シナダではなくミノベだった。

話し合いが終わった後、ミノベは作業室でがっくりとうなだれた。本当に、この程度のことでよかったのに、と思うと頭が痛くなった。これからも自分が使う機械の導入については何が何でも買う前から絡まんといかん、と考えはしたが、当分そんな機会はなさそうで、あったとしても、自分がこの会社にいるかどうかは定かではなかった。

先輩は、体調不良を理由に退職した、ということになっていたが、その補充がなされる気配はなかった。以前から、ミノベか先輩のどちらかをリストラするという話はあったのだ、という話は、ほかでもないシナダからきかされた。はじめはきみのほうが切られる計画だったらしいよ、命拾いしたね、とシナダは言った。そうですか、としか言わないミノベがつまらなかったのか、シナダは話を終えるとさっさとパーティションを出て行った。好きにしろ、とミノベは思った。もう知らねえ好きにしろ、耐えられなくなったら、いちばん忙しい時を選んで出社拒否するつもりだから。

その話をトチノ先輩にすると、それは駄目だよ、と眉を下げて笑った。

「だって先輩も人のこと言えないじゃないですか。突然会社に来なくなって連絡取れなくなったし」

一瞬引っ込めようか戸惑ったものの、もう仕事上で関わりあうこともないのだから、とミノベはそう口にした。先輩は真面目な顔をして、それもそうね、とうなずいた。

総務をやっている女子社員から、トチノさんに離職票を送ったよ、という話を聞いてまもなく、先輩から連絡があった。ケーブルの話をされるのだろうか、それともそのことには触れないだろうか、通り一遍の経過説明だろうか、とミノベはいろいろ考えながら、先輩が指定した店へと菓子折りを持って向かった。

ミノベが思いつめるほどには、先輩は特にどうということのない様子で、勝手にお店決めてごめんね、という言葉から始めて、でもどうしても行ってみたかったんだよねー、と言いながらその創作和食屋に入っていった。

どう考えても先輩のほうが変動のある日々を送っているはずなのに、最近どう？と先に訊いてきたのは彼女のほうだった。ショッピングモールの仕事以来ほんとにぼちぼちです、残業は全然してません、と言った後、迷いながら、大判プロッタが入れ替わりました、取引する会社も変えました、と続けた。先輩は、そう、とうなずいて前菜を箸でつまんでばらし始めた。

「今度のもね、やっぱり休むんだそうです。でもメモリを増設してもらって、一回のスパンで長く動くようにしてもらいました」

なぜか喉が痛くなってきたので、ミノベはさかんに水を飲んだ。先輩は少し間をおいて、ちゃんと動いてくれるといいね、と前菜を口に運んだ。いくらとクレソンのマリネだという。そんなふうに説明されたって、そんなきいたこともないような取り合わせおいしいかおいしくないのかよくわからないよ、とミノベは思った。煙に巻かれているようだとも感じた。

「ケーブル切ったのはね、本当に衝動的なものだったの」

ゆっくりと透き通った先輩の声音に、自然と身が硬くなった。先輩は小鉢を見下ろしたまま、自分がこれから言うことに自分で同意するように小さくうなずきながら続けた。

「社長は何か言ってた？　わたし、訴えられたりするのかな？」

魚介の苦手なミノベは、クレソンをマリネ液が溜まっている部分に浸しながら首を横に振った。よかったあ、と先輩は、電車に間に合った時と聞き間違えるような口調で言った。

クレソンを食べつくしてしまい、いくらしかない段階になって、ミノベはおそるおそるそのオレンジ色の玉を口にした。今まで食わず嫌いだったので、その時初めて食べたのだった。そうでもしなければ間が持たないぐらいの時間、二人は黙り込んでいた。生しょっぱい、という感想しかないいくらを食べ終わったあたりで、先輩はやっと口を開いた。

「突然、どうしようもない気持ちになった。わたしこの機械のせいでシナダさんに怒られるんだって。どうしてそんなことになんないといけないんだろうと思った」

なんでとかべつにいいです、とミノベは口を開きかけて結局やめた。話をすることが先輩にとって、どんなにかすかなものであっても何かのたしになればいいと思った。

「真面目にやってきたのに。文句とか、気をつけて言わなかったのに。あの機械のことでさえ。そりゃ本当は、どうしてあんなにすぐに止まるんだろうとか休むんだろうとか思ってた。でもそんなこと言ったって仕方ないし。それに順応しなければって。男の人たちはあれが便利だってべた褒めするし。わたしもそっち側に立たないとって思った」

勝手な話だとは思った。多数派でいようとしたあげく、それを貫き続けることもできず突如思い立ってケーブルを切るなんて。しかしミノベの中には、先輩を責める気持ちがどうしても湧き上がってこなかった。心の中では彼女を殺したって自由だというのに、髪を引っ張ることとさえできそうになかった。

「ミノベさんの文句は全部わかってた。でもそれに同意したって何もよくならないと思ってたし」

それはね、とミノベは鼻で笑った。それはそうよね、と先輩も小さく笑った。

「けど、わたしがそこまで決めてたのに、合わせようって、仕方ないって思ってたのに、どうしてもどうしてもこの機械は駄目なんだなって、そして駄目でしたってみんなに説明してもわかってもらえないんだろうな、と思ったら、もう全部に腹が立って、それで、ケーブルを切ったの。LANのトラブルは今までなかったなって。それならあの人たちにはわかんないんだろうって。だから」

ミノベは小刻みにうなずいて、わかりました、わかりました、と二度言った。少し間をおいて、二回も言わないでよ、と先輩は深く椅子にもたれた。

「ほんとは中身をどうにかしてもよかったんだけど」先輩はあさっての方向をぼんやり眺めながら、少し掠れた声で続けた。「そしたら、その次の日に何か大判のコピーの仕事が来たら、ミノベさんが困るだろうと思った」

自分じゃもう来ないって決めてたんだけど、と先輩は付け加えた。ミノベは水を飲み干して注ぎ足してもらった後、もう一杯持ってきてください、と人差し指を立ててウェイターに妙な顔をさせた。喉が、ひきつるように痛み始めた。

「暇そうでよかった」

長い沈黙の後、先輩はミノベの方を見てそう言った。すげえ暇です、でもわたしはみんなの足元の掃除なんてしないけどね、とミノベがふてくされたように返答すると、先輩は笑った。

「たまには掃除してあげてよ。そうしないとあの人たち何もかもほったらかしだからさ」

「いいんです。そんなことしたってこっちのことを考えてくれるわけでもなし」

グラスがもう一つミノベの手元に運ばれてきて、すでに空になってしまっていたもう一つのミノベの側のグラスにも、水が注がれていった。相変わらずよく水飲むねえ、と先輩が言った。

彼女と一緒に働いていた頃は、よくこんなふうに食事に行った。毎給料日ごとに。いちばん仲のよかった頃は週末ごとに。先輩はやせているくせにものすごくよく食べるので、ミノベは会計のたびにひやひやしたものだった。

「大判プロッタも入れ替わったけど、モノクロもカラーも新しいコピー機が入るんです。両方とも複合機です。ファックスとスキャナとコピーが同時にできるなんて、機械の前が混むのは目に見えててばかみたいと思うんだけど」

ミノベの話に何度かうなずいた後、先輩はワイングラスを傾けて、それを持った手で額を支えながら目をつむった。

「じゃあわたしの知ってるコピー機はもう全部なくなるのか」

「そうなりますね」

「べつに寂しいとか、当たり前に全然思わないけどね」

「機械は機械ですからね」

「新しいのもさ、ソートしないで大量にコピーしたときに、センタートレイの排出口から甘い匂いがするのかな。あれが好きだった」

先輩はゆるやかに口角をあげてゆっくりとまばたきした。

「したよね、前の、モノクロのやつ。初めて言うけども。あれ何の匂いだろう、紙のかな。トナーの？」

わかんないです。ミノベはそう言ったつもりだが、それは音にはならなかった。代わりに、自分が鼻をすすり上げていることに気付いて、どうしてそんな反応をしているのだろうと思った。

口の端から嗚咽《おえつ》が漏れそうになるのを我慢しきれず、ミノベはうつむいた。

わたしもその匂いが好きでした。けどそんなことを言うと変な顔をされると思ってた。こんなところでその話をするのが残念です。本当に残念です。

「トナーが溶ける時の匂いなのかな」

自分の様子が変なことに、先輩は気付いているだろうと思った。けれど先輩は、それにはかまわないという態度で、自分の言い出したことを斟酌《しんしゃく》し始めた。

ミノベは片目を押さえて、そうかもしれませんね、とひどく遅れて同意した。

地下鉄の叙事詩

1――私はここにいるべきではない。私は

女はカラシ色の、男は緑色のTシャツを着ている。よもやペアにでもなってやしないかと悪意を持ってその胸のあたりを眺め回すのだが、背筋をシートにもたせ掛けている男のほうの胸元しか見えないのが悔しい。女はというと、そんな男の膝の辺りに耳を寄せて、髪を撫でる男の手のひらに、ときどき頭を擦り付けている。女はときどき顔を上げて、男とくすくす笑いを交わしたりする。充分にうるさいと言える車両と空調の音の合間を縫って、それはなぜか妙に鮮やかにイチカワの耳に忍び寄る。

運良くシートに座っている左斜め前のカップルには、自分たちが電車に乗っているということがわかっていないのかもしれない。地下鉄。それも朝八時台の。イチカワ

はとにかく舌打ちをする。それは、次の駅の周辺の店を広告する女のアナウンスの声にかき消される。

こいつらに向かって嘔吐してくれる気分の悪そうな小学生でもいやしないかと周囲を見回すが、全員大人だった。前は中年に差し掛かった疲れ切った顔の女、右斜め前はぼんやりと半目でいるサラリーマン風の若い男、右隣はよく車両が一緒になるむかつくOLみたいな女、右後ろは内臓が腐っているような口臭のある背広のおやじ、真後ろは振り返ってもよく見えないぐらい小さな老女、左隣には、少し間隔をあけて、スマホばかり見ている自由業風のスーツを着ていない日焼けした中年男、そして問題の左斜め前に、この朝っぱらから満員電車で膝枕などをしていちゃついている自分と同じ学生風のカップル。

こういうことをしているやつらはたいていブサイクで服装も冴えない、という持論に従って、イチカワは二人を観察するが、服が特におしゃれだとは言い難いものの、女のほうはそこそこかわいいので、イチカワの腹は煮えたぎる。男は痩せていて地味だ。髪の毛が真っ黒で顎がしゃくれている。二秒以上顔を見ると吐きそうになる。この手合いの男は、おとなしそうな顔をして自分たちの部屋やホテルでは変態じみたことを女にするのだ。またこの女がマゾじみていてそれを歓ぶのだ。普段は見られる顔かもしれないが、鼻水を垂らして顔をぐしゃぐしゃにして這いつくばる様はきっと情けなくて汚らしいだろう。

なんならいまここでセックスしておれに見せろと言いたい。断片を振りまくなと言いたい。そんなにまで見せたいのなら見物してやろう。値踏みしてやろう。人が見たくないものを見せる限りは、見せたい部分だけを見せるのはフェアではない。こちらは見てやっているのだから、要求に応えるべきなのだ。

興奮でか怒りでか、両手で一つの吊り革を持つ手のひらが汗ばんでくる。自分が左斜め前のカップルについて考えることにだいぶ疲れてきていることに気付く。もう暇つぶしにもならない。男の方の、鼻にかかった不快な含み笑いが鼓膜を蝕む。ここで勝ち誇ってもいつか別れる、と吐き捨てたいと思う。そうだいつか別れる。捨てられる。先月、「好きな人ができてしまった」とふられた自分のように。願わくは、このカップルの別れの場面に立ち会いたい。男の膝の上で半目になっている女は猫みたいだ。猫は地下鉄に乗るな。

汗で吊り革から滑り落ちた右手を、シャツの裾にこすりつける。それだけで、右隣の女が息を詰めるのがわかる。顎を突き出すようにしてうつむいた顔はよく見えないが、きっと噛み付くような視線でイチカワの右手を凝視しているに違いない。おまえなど触るものかと言いたい。おまえみたいな、かさかさに乾ききった、打ち棄てられた材木みたいな被害者意識の塊。

腋を締めて肘を体の側面にくっつけながら、注意深く再び手を上げて吊り革を持つ。右隣の女は、一つ体を震わせて、やはり顎を突き出してイチカワの胸から下のあたりを見ている。この女はおれに興味があるのだろうかと思う。だとしてもおれは絶対におまえみたいな女とはやらない。そう考えて、ほんの束の間の痛快さに身を浸す。

興味があるといえば、これから授業に行く、二時間目の英会話の女講師だ。初老とも言っていい年齢の帰国子女。この女は、アメリカで日本人のさる有名な学者の秘書をしていたということについて、授業時間の最初の十分を使って、四月からえんえんと連載小説のように話し続けているのだが、先週ついに、その学者が妻に秘書との仲を疑われて離婚したというところまできた。気持ちわり、と後ろの席のツレに話しかけようとすると、そいつは居眠りしていて、満面の笑みで自分の武勇伝を話していた女講師は、それを発見するや否や不機嫌になった。その後は最悪だった。発音がなっていない、と「レフリジエーター」と百回言わされた。女講師は、妙にイチカワに突っ掛かってくる。三回目ぐらいの時の、自分の趣味について英語で紹介するという授業で、『ときどき読書をする、R・A・ハインラインが好きだ』と言うと、SFが好きなの？ と問われた。そうです、と答えると、理系なの？ と更に訊かれた。そうではないですけど、と答えると、興味はあるの？ と女教師は授業に必要がないと思われる質問を続けた。イチカワは、この女はおれに気があるのか、と訝《いぶか》りつつ、興味もないです、お話が好きです、と肩をすくめながら、話をやめたいと全身で表すと、女講師は、理系の知識もないのにSFが好きだとは不条理だ、と突然怒り出した。それ以来イチカワは、水曜二時間目の英会話の女講師から目の敵にされている。女講師のイチカワに対する態度は実に不安定で、イチカワの英作文を鼻にかかった声で絶賛したりする一方で、「レフリジエーター」と百回言わせたりもする。気味が悪い。妙に化粧が濃くて、睫毛を伸ばし、赤い口紅を塗っているのも気に障る。女講師を見るたびに、水を飲みすぎたときのような持て余した感覚を胃の底に覚える。一度だけ、大学の近くのカフェで女講師を見かけた。イチカワと同じ大学生と思しき若い男と一緒にいて、二人は親しげに談笑していた。気持ち悪いものを見た、とツレにメールをしようとしたが、あいにく電池切れで、イチカワは走って大学に帰った。

あの女講師が自分にどんな成績をつけるのか、まったく見当がつかない。英会話は必修だから、落としたら四年で再履修になると考えると気が滅入る。「RとLを発音し分けられない」という理由で落第点をつけられるのだろうか。課題もすべてちゃんとこなしているのに、そんな理不尽な理由で。でも、あの女ならやるだろう。

英会話の女講師のことを考えていると、脳みそが膨れ上がって頭蓋骨を圧迫するような感触を覚える。半ば本気で、これ以上あの女のことを考えると死ぬと思う。とにかく今日、大学に着いて教室に入るまでは、あの女講師を忘れたい。そのためには音楽がいるのだが、プレイヤーを忘れてしまった。昨日パソコンからデータを送るためにバッグから出して、デスクの上にそのままになってしまっているのだろう。スマホにも曲のデータはいくつか入っているものの、メインで聴く用途には使っていないので心許ない。死にたい。このまま消えてなくなって、何も感じなくなりたい。左斜め前のカップルの醜態、右隣のクソ女の理不尽な怒り、頭の中をめぐる、女講師の通りのいい煮しめた水飴のような声。音楽なしにこの状況を過ごすのは、地獄に取り残されたようなものだ。命綱をたぐるようにバッグの中を探るが、持っているのは財布とテキストとノートだけだった。文庫本やフリーペーパーがたらふく入った前のバッグは、散らかった部屋の隅っこに転がっている。あんまり重くて気が滅入るので、今のバッグに替えたのだ。自転車の前かごがいつもより軽いと、有頂天になったこの朝はいったいなんだったのだろう。

アナウンスが入り、電車が停まる。もう降りたいと切望するが、イチカワが降りるのはあいにく次の次の駅である。唯一の救いだったのは、カップルが「もうついちゃったよ」などと言い合いながら降りていったことで、カップルがいた席には、どこから湧いてきたのか体の大きな中年男が、カバンを傍《かたわ》らに置いてたっぷり一・五人分のシートを占領し、いつのまにかいなくなっていた自由業風の男の代わりに、制服を着た女の子が左隣に来ていた。この駅から、乗車率はピークに達する。プレイヤーを忘れたことに加えて、更に人に圧迫されていく感触が、イチカワを不機嫌にさせる。

音楽よりも気晴らしになるものについて、頭の中を探る。女。女のこと。女の裸。

イチカワは時々やる。満員電車で、つまらない授業を受けている教室で。目に入った女を選り好みしてその裸を想像する。ときどきはストーリーも作る。電車の中で、教室で、素っ裸でいる女は、首に紐がついている。周囲の連中は、女をちらちらと盗み見ながら、その事情を斟酌《しんしゃく》する。どこかの痴漢が、女の尻の分かれ目をなぞる。女は屈辱の声を堪《こら》えて唇を嚙み、あるいは、鈍麻しきったうつろな目をしてうつむいている。こんな恥ずかしいのは初めて。もしくは、こんなこともう慣れっこ。

首を回して最初に目に入ったのは右隣の女で、これは本当に萎える。乗り慣れたこの時間の電車の中で、今乗り合わせている連中としては唯一知った顔だった。印象の薄い顔を、いつも不快そうに歪めている。この女だけはごめんだ。裸になどする前に、おまえの怒りのすべては自業自得なのだと説教をしたい。満員電車に乗る破目になっているのは、おまえが早く起きるということができないせいだ。男のおれのいる車両に乗り合わせているのは、おまえがホームの女性専用車両の停車位置まで歩いていく気力がないせいだ。おまえがそもそも地下鉄に乗らなければいけないのは、おまえを養う男がいないせいだ。おまえを養う男がいないのは、おまえが女として欠陥品だからだ。すべての怒りは、おまえの女としての力不足に由来している。悔しいかこの材木。空き地に放置された、腐った臭い木の割れ目。いいかおれはそこに突っ込むことができる。そうしようと思えば。でもやらないんだ。その気になったらおまえをやれるけどあえてやらないおれは、おまえよりも優位にある。

ひたすら、右隣の女と自分との優劣について考えていると、気が滅入ってくる。イチカワが考える優劣というものを明らかにする状況とはなんだろうと思いをめぐらす。それは、この女を強姦する現場に他ならない。言い換えれば、その場でしか、イチカワにとってのこの女との優劣は実現されない。それ以外のシーン、たとえば、喫茶店で隣り合って同じ店員を呼びつけようとしている時、万が一同じ職場で働くことになった時、はては付き合うことになった時に、イチカワがこの女との関係の主導権を握れるとは到底思えない。イチカワが具体的に、右隣のＯＬ女を蹂躪《じゅうりん》できる場は、この女をやるのかやらないのかという判断をする瞬間だけだ。イチカワはそのことに、本当は気が付いている。しかしそれは、心の奥底に沈めたまま、あえて拾い上げようとはしない。

右隣の女といい、英会話の女講師といい、なぜこんなにまで自分の心持ちを乱すのだろう。頭の中でであっても、やっつけられないことにいらいらする。気を取り直して、前のシートに座っている女を眺める。若くもないが中年というのともまた違う感じの女。後ろで一つに束ねている髪は黒いままで、注意して見ると白髪がある。眉毛も整えていない。化粧っけはなく、肌は少し黄ばんでいるようで、明らかに疲れている。閉じた目の上で眉が寄っている。トートバッグを膝の上に載せ、更にその上に弁当箱を入れた小さな取っ手のあるポーチを置き、なぜか妙にしっかりとその取っ手を握り締めている。左手の薬指には指輪がはめられている。イチカワは、頭の中で彼女を脱がそうとするけれども、やはりうまくいかない。女の発する疲弊の気配を不快に感じるわけではないが、未知の苦痛を象徴している女は、イチカワが性の対象にするには重厚すぎる。右隣のOL、英会話の女講師、そして、前の疲れた女なら、無口そうな前の女がいちばんましではあるし、女講師がうっとりと話す英語圏での冒険などと比べると、この女の疲弊には凄みがあるのだが、そのぶんイチカワの心は離れていってしまう。怖い、という感情が一瞬だけ胸をかすめる。

　電車が揺れたわけでもないのに、女の上体ががくんと前に倒れる。イチカワは、女が目を開けたり、携帯をいじくりだしたりすることを期待するが、女は体を傾けたまま動かない。しかし、小さなポーチの中の弁当箱は水平を保っていて、女はその上に圧《の》し掛かるような姿勢でじっとしている。イチカワはぞっとする。女の肩が震えているような気がする。大丈夫ですか、という言葉が口をつきそうになるが、自分でもなにがどう大丈夫なのかを訊きたいのかがよくわからない。

傾いたままの女の乾いた首筋を観察すると、紫色の鬱血のあとがいくつか見つかる。イチカワは、胃からこみ上げるような空気の塊を、また飲み込み、目を背ける。このままこの女を見続けていると、女から立ち昇る負の瘴気《しょうき》に覆い尽くされてしまいそうだと思う。

仕方なしに、さっきの駅から乗ってきた左隣の制服の女の子を盗み見る。彼女も、前の座席の女と同様に暗い顔をしているのだが、イチカワより明らかに年下に見える分、抱えているものは想像しやすかった。おおかた人間関係か成績のことだろう。フレームレスの眼鏡をかけ、肩ぐらいまでの髪を耳の下で二つに束ねている。死にそうな顔をしている。彼女の事情について、イチカワ自身の想像が及ぶ分、過度な同情は控えようと心掛けるが、やはり脱がすには及ばない。この女の子を頭の中でどうこうするのは、追いはぎのようなものだ。イチカワには、紳士でありたいという願望はなかったが、卑怯なことはしたくなかった。自分を卑劣だとは思いたくなかった。この女の子が、根本的に好みでないというのはあるけれども。

標的になりそうだ、と、ほとんど薄い緑色が混じっているように思えてくる彼女の頬を眺めながら、イチカワは思う。生きていることそのものが申し訳ないと思い込まされている顔つきをしている。貧しい想像だが、いじめか何かを受けているのではないかとイチカワは思う。そこまででなくても、高校生だか中学生だかの思い込みが激しくて単純で陰険な人間関係においては、勝者にはなれなさそうな印象を受ける。それとも、友達と一緒にいる場では明るく笑ったりもするのだろうか。女の子が話し好きでよく笑う、というのは間違いだ、とイチカワは思う。それは女の子が複数人その場にいるという条件付きでのことだ。一人の女の子は、一人の中年の女よりもたいてい険しい顔をしている。一人の女の子は、手当たり次第のことを、深くも考えずに面白くないと否定しているようにイチカワには思える。それは、右隣のOL女の怒りとは似て非なるものだ。OL女の怒りの根深さとその理由とそれが持続していくことについて、イチカワはほとんど確信のようなものを感じているが、一人の女の子が世界を邪険にしたり気まぐれに愛したりすることには、何の根拠もない。大学に入って、毎日満員の地下鉄に乗るようになってから、そのことに気がついた。目の前に十数分姿を現し、無言で下車していく女の子達もさることながら、それと車内吊りの女性誌の見出しを照らし合わせると、イチカワには彼女たちの生態もサバンナの雌ライオンの生活も同じぐらい遠いもののように思える。だから八つ当たりのように頭の中で裸にして痴態を想像してみるのだが、それで理解できることは少ない。それはもちろん、イチカワの想像上のことであるからなのだが、彼女たちの実際の裸を見て、理解したという感情は芽生えるだろうか。感動があることは保証できるし、それだって深い感情ではあるけれど、わかることはできない、ということに、イチカワは薄々勘付いている。

頭の中で脱がすという算段を断たれながら、イチカワは、大丈夫だから、と無性に制服の女の子に告げたくなる。名前も知らない、何歳かもわからない、好みですらない彼女に。あと何年かすると、いろいろなことを知り、楽しむようになって、人間関係も変わる。やりなおすことになる日が来る。自分もそうだった。高校は自転車通学だったが、もっと暗澹とした気持ちで学校に通っていた。今は、むかつくこともあるけれども、当時よりはまだましだ。何度も赤信号の横断歩道に自転車のタイヤを向けたことがあった。毎日が政治だった。向くやつには向くが、向かないやつにはとことん向かない世界だった。ただ、クラス内の政治に夢中だった人間も、大学に行くと変わる。時間と金で埋め合わせできる、政治以外の楽しみはいくらもある。ヒエラルキーのさほど上の方でなくても、異性とつるめるようになる。イチカワは、先月女で失敗したし、具体的に何が楽しいのかを挙げることはできないのだが、とにかく学校に行っている時間数が減ったことで、生きているのが楽になった。だからこそ、英会話の女講師のような干渉してくるタイプが余計に悪目立ちするのだが。

緑色の頬の女の子を見ていると、空費、という言葉が頭に浮かぶ。若さの悪いところしか知らず、時間が過ぎていくことだけを望んでいる。しかし、きみを侵害しているやつらもまた空費している。きみが今いる場所は、子供社会のマトリックスに過ぎない。そこでの流儀はほんのあと数年で無効になる。その時がくれば、きみも好きな服を着て男と付き合えばいい。きみぐらいなら、そこそこの男と付き合えるはず。

イチカワの頭の中は、いまや激しく動いていた。青ざめてうつむいている女の子を前に、手元にミネラルウォーターのペットボトルを置いて、力強く演説をしている気分だった。偶然隣り合うことによって、イチカワの言葉が女の子を変える。女の子がイチカワの前で顔を上げる。自分にも何かできることがあるとイチカワは悟る。

前の席の女が、おもむろに姿勢をシートの方に倒し始めて、イチカワは空想から醒めた。女の首に巻きつくように浮き上がった皺の跡から、イチカワは目を背けた。左隣の制服の女の子は、微動だにしない。頭の中でだけ彼女に話しかけて悦に入っていたことを、イチカワは恥じる。いい気持ちになりかけていた。緑色の頬の少女を左隣に置いてけぼりにして、自分が人生の先輩などというつもりで、彼女に諭す夢を見ていた。正直なところ、自分は結局この女の子が好みなのかもしれない、と思いつつ、イチカワは何度か唾を飲んで、どうしたの、と口を開きかけた。「どう」というところまでは、実際に口にした。しかしその声は、車両のどこかにいる中年男の汚い舌打ちにかき消された。

右隣の女が即座に反応し、イチカワの立っているのとは反対の側に顔を背け、中年男を睨み付ける。肌が土気色の中年男は、まったく悪びれない様子で、電車の揺れに身を任せている。イチカワは我に返る。そうだここは電車なのだ。

こんな下世話な興味さえ湧かない陰気な娘のことを、どうしてこんなに考えていたのだろう。緑色の頬の女の子は、その横顔の全容すらもわからないぐらい頭を垂れて、少し震えている。今日は頭の調子が悪い、と思う。あの英会話の女講師のせいだ。いっそ休みたいという願望に胸を引き裂かれそうになる。皆勤しているから、一日ぐらいのさぼりはいいはずだが、今日が女講師の機嫌が悪い致命的な一日だとしたら？　それで何かと理由をつけて単位をくれなかったら？　そのことを考えると、もはやイチカワの頭の中では、周りの女の客を想像の上で脱がすことがすさまじい負担になってゆく。

もう周りに女がいること自体が辛くなる。すぐにまた開けてしまうことはわかっているが、とりあえず目をつむる。電車の中で眠る人間の気が知れない。情けない顔を晒《さら》して。自分には余裕がないと全身で言っているようなものだ。自分はそんな連中と一緒にはなりたくない。

イチカワは目を開く。右前のサラリーマン風の男が、雑誌を開いているところだった。「老後パーフェクト特集」などという見出しがしみったれている。男は、来年から老後なのだといわれても違和感のないような、力のない顔をしている。こんなふうにはなりたくない、と目を伏せる。生きていると感じることはあるのかと訊きたくなる。イチカワから見たら、七割は死んでいると断ぜざるをえない。自分もあと数年もしたらこんなふうになるのだろうかと思う。あと数年、ってそれは左隣の女の子に自分が言いたいことだ。

右前の男を見ていると、寒気が這い上がってくる。女の子の数年後が自分で、自分の数年後がこの男なら、人生はいったいなんなのだろう。大学の数年間以外に、生きる価値のある瞬間があるのだろうかと、イチカワは極端な考えだと知りながら、頭を振る。就職なんかしたくないと思う。今しているコーヒーショップのアルバイトは、女の子の同僚もたくさんいるし、サークルみたいで楽しいけれど、大学を卒業してもつづけていたとしたらそれこそ負け組だから、就職活動はするつもり。大学の方でも、そろそろ就職活動説明会が実施される。興味のない物を売ることに熱意は持てないだろうから、証券会社か銀行を希望業種にしようと考えている。金のことなら想像できる。右前のぼんやりした男は、何の会社にいて、どんな仕事をしているのだろう。参考までに訊いてみたい気がする。どんなやりがいのないことを日々していたら、そんなふうに生きているのか死んでいるのかあやしいぐらいになれるのか。毎日スーツを着て、決まった時間に決まったところに出勤するなんていう芸のない人生を不快に感じる。けれど、そこから逃れる方法も、イチカワにはわからない。勤め人にならずにすむ言い訳になる夢のようなものも、イチカワにはない。英会話の女講師が、自分を嫌いなのか気に入っているのかさえわからない。

卒業後のことを考えていると、電車は不快なほどゆっくりになり、やがて完全に停車した。「信号待ちのため、しばらく停車します」というアナウンスが入る。少し悪びれたような、こもった声。最近は、三日に一回はどこかでこんなふうに停車するようになった。頭が悪い、とイチカワは思う。無理なダイヤを組むからだ。そこまでして、毎朝毎朝、特大の掃除機でごみを吸い込むように人を取り込んでおいて、この地下鉄全体は赤字なのだそうだ。イチカワが乗っているこの電車の路線はまだしも、他の路線ががらがらだからだ。頭が悪い、と再びイチカワは思う。もうからない路線は廃線にしてしまえばいいじゃないか。そもそも作らなければいいじゃないか。そんな地味な路線沿いの辛気臭い町に住むのが悪いのだ。そういう負け組どもが、足を引っ張るのだ。だいたいそういう奴らは、自分の住む町から出てこなきゃいいのだ。それで万事解決だ。そしたら、このどうしようもない人間のぎゅうぎゅう詰めも、すこしはましになるかもしれない。

いい考えだと思う。イチカワは、大声で考えていることを吐き捨てたくなる。誰かが拍手し始めるかもしれない。信号待ちの間、車両が拍手の音に包まれる。賞賛されたい。同意してほしい。

右前のサラリーマンはいよいよ落ち着きをなくし、右隣のＯＬ女が舌打ちをするのが聞こえる。暗い窓に映るＯＬ女の顔は鬼女のようだ。ここにいることそのものが、おまえらの敗北の証明だ。悔しかったら、毎日こんな電車に乗らずにすむ仕事についてみろ。

右の二人の苦痛について言い当てると、ほんの数秒だけ痛快な気分になる。しかし、イチカワ自身が将来そこから逃れるすべについては考えつかないことに思い至ると、八つ当たりで二人を蹴飛ばしたくなる。

電車は再びのろのろと動き始め、停まった分を取り戻すように、異常なスピードで走り始める。イチカワの背中が、本能的な恐怖で汗ばんでくる。

イチカワは一つ大きく震えて、自分が今体感している速さは、これまでになかった程度のものだと確認する。乗っている人間にこんな思いまでさせて、どうして電車は時刻表どおりでなければいけないのかと考える。イチカワは大学で、国際文化学の講義を履修しているのだが、スペインに研修に行ってきたという講師は、スペインではアナウンスなしに三十分電車が遅れていても誰も何も言わなかった、と言っていた。日本でそんなことが起こったら暴動ものだろう。声がでかくて常に怒鳴りつける相手を探しているおっさんが、金もらってなにやってるんだとわめきちらす。ヒステリーの女が、誠意がないなどと金切り声を上げる。そういう連中は、普段からトラブルを切望しているのではないかとイチカワは思う。誰かに、何かに対して、オフィシャルに怒りをぶつける機会を。脳みそのかけらもない。鎖につながれて鉄の門の向こうで吼えたくる馬鹿な犬みたいだ。世の中の制度の中でしか生きられないくせに、そこでうまくいかないことに少しの我慢もできない。不平を吐き散らかすことは権利だと思い込んでいる。

イチカワは、そういった人々について、自分がそこまで想像がつくことすら不愉快に感じる。年は取りたくない、と切実に思う。自分にとっての比較的近未来と思われる、右前のサラリーマンや、右隣のＯＬ女のような時期を経て、人間はどんどんくだらなくなっていくのだろう。かといって、左の女の子はあまりにも脆弱に感じる。吊り革にぶら下がりながら、イチカワは、人生の最良の時期というものについて考える。今がそうだと思えて仕方がないのだが、そんな自分は、こんな地下鉄に閉じ込められて英会話の女講師に怯えている。

電車が再び発車する。しゃっくりをするように、前のめりに車体が揺れる。このへたくそ、という悪態を込めて、イチカワは舌打ちをする。どいつもこいつも馬鹿ばかりだ。車体が揺れたので、吊り革から手が離れて、隣のOL女の肩に当たる。女は、イチカワの顔こそ見上げてこないが、イチカワの手が当たった肩口をじっと睨みつけている。口元が歪んでいる。死ね、とイチカワは声をあげそうになる。

死ね。それともレイプしてやる。

いや、したくない。

してやる。

違う。

イチカワは頭を掻《か》き毟《むし》りたくなる。唐突に、涙のようなものが下の瞼に滲んでくる。どうしてそんなひどい顔をするのか教えて欲しい。どうしてこんなにまで憎まれなければいけないのか教えて欲しい。おれのことを何も知らないのに、否定しないで欲しい。イチカワの自尊心は、自分を人間扱いしようとしていないかのような隣の女の否定で、息も絶え絶えになる。イチカワの腹の底で、涙声が響き渡る。

次の駅に停まったら引きずり出してやる。トイレに連れ込んでめちゃくちゃにしてやる。後悔させてやる。便器にしてやる。写真を撮ってネットに流してやる。許しを乞え。おれを傷つけたことの許しを乞え。

　ただ暗いだけだった窓の外の景色が、ぼんやりと黄ばんだ明るさに照らされる。電車のスピードがみるみる落ちて、駅へと入っていく。前の席の女が、疲れている様子からは想像できないほどの早さで立ち上がり、イチカワの脇に肩を入れてさっさと電車を降りていく。隣のOL女を引きずり出す予定だったイチカワだが、反射的に空いた席に座ってしまい、OL女をひどい目に遭わせることは叶わなかった。後ろの客に押し出されるように、イチカワの真後ろにいた背の小さい老女が、不安げに周囲を見回しながら、イチカワの正面におずおずと足を進める。老女は、よれよれのビニール製のバッグを胸元で持ち、使われていない箪笥から出してきたようなくすんだ緑色のツーピースを着ている。後ろで一つにまとめた髪は、七割ぐらいが白いという半端さのせいで、総白髪よりも貧弱な印象を与える。真っ白に塗った顔と、真っ赤な口紅のコントラストがくどい。イチカワは、老女を少しのあいだ眺めた後、のろのろと立ち上がって、どうぞ、と低く言った。

　老女は驚いたのか、少しだけ飛び上がったのち、ありがとう、ほんとに、ありがとうね、どうも、どうも、と言いながら、イチカワが空けた席に腰掛けた。老女の皺だらけの手は、イチカワを拝むように手のひら同士で擦りあわされていた。イチカワの思考は漂白され、今まで考えていたことが、砂に水が吸い込まれるように消えていくのを感じた。ふう、と老女は目を閉じて一息ついた。老女が座席に占める面積は、イチカワの三分の二にも満たないようだった。イチカワの頭の中は、どんどん空っぽになっていった。蒸し暑い車内で、天井に埋め込まれたエアコンから吹いた風がイチカワの首を撫でた。息を吸うと、立ち込める人の臭いは辟易するものだったが、空気を肺に入れる行為そのものは快適だと感じた。

先ほどまで何を考えていたのか、思い出せなくなった。ただ、隣のOL女が睨んでいたのは自分ではない、ということが唐突にわかった。彼女は、イチカワ越しに、イチカワの左隣の制服の女の子を睨んでいたのだった。更に正確に言うなら、左隣の制服の女の子自体を睨んでいるのでもなく、彼女の後ろにある何事かをじっと見ていた。イチカワもそれを確認しようとするのだが、真後ろにはむやみに太ったスーツの男が前に座った老女の代わりに詰めてきていたので、右隣の女が首を前後左右にやりながら、なにを見ようとしているのかよくわからなかった。

後ろのスーツの男の呼吸の音は、やたら深く苦しげだった。男は太っていながらも強壮に見えたが、その分、この空間に閉じ込められていることがより哀れに思えた。

イチカワは、吊り革を持った腕に頭を預けて目をつむりながら、今日は授業を休むことに決めた。あの女講師はもういい。そんなことにはならないだろうが、もし単位を落として、四年に持ち越されることになってもいいと思った。

腹が据わると、いっせいに汗がひいていくような気がした。イチカワはうとうとしながら、電車の揺れに身を任せることにする。右隣のOL女のバッグに、何度か軽くぶつかったが、やましいところはまったくないのでなんとも思わなかった。百数十秒のまどろみの間に、左隣にいる制服の女の子の悲鳴を聞いたような気がしたが、それはあまりに遠くで鳴っていたので、この距離でそんな聞こえ方なのだから、現実に起こったことではないだろう、とイチカワは夢の中で考えた。

アナウンスの声とともに、電車はやはりつんのめるような下手な減速をしていった。イチカワは薄目を開け、頭を振った。次の駅で私鉄の快速に乗り換え、そこからまた三十分は休むことができる。ガムでも買おうと思う。それか、大学に着くまでがまんして、学食での早めの昼飯を豪華にするか。どちらも悪くない。

駅名を告げる女のアナウンスの声に続けて、車掌の濁った声が聞こえる。

お急ぎのところ失礼いたします。――駅で人身事故のため、この電車は次の――駅で一時ストップし、運転を見合わせます。――駅で人身事故のため……。

乗客の半分ほどが、いっせいに顔を上げて、車掌の声が流れてくるスピーカーを見上げる。舌打ちや不平がいくつか聞こえる。またか、と思う。月に一回は、この線のどこかの駅で誰かが線路に飛び込む。いっそのこと、車掌もそう言えばいいのにと思う。疲れたように。またどこかの誰かが、わけがわからなくなって線路に落ちました。迷惑な話だ、と。

車体そのものは、鷹揚に駅に入り、溜め息をつくように停車した。ドアが開くと、昨日よりも多くの人間が、巣箱から蜂が飛び立っていくようにわらわらとホームへ出て行く。イチカワもその集団に続く。

私鉄のホームへと続く階段に足をかけたときに、ふと左隣の制服の女の子のことが頭をよぎったが、階段を上がりきる頃合には忘れてしまっていた。改札で中年の女がてこずっていた。切符を突っ返されて、照れたように笑いながら戻ってくるのが気持ち悪くて腹立たしい。いったん水位の下がったイチカワの腹の中に、また澱みが溜まり始める。

改札の通り方も知らないんだったら電車に乗るな。

おかしいわね、おかしいわね、という女の癇《かん》に障る声が、先ほどまで乗っていた電車の記憶をすべてかき消していった。

2――順応の作法

運が良かった。前に座っていた定年間近と思しき態度のでかい男が、一回目の乗換駅で降りたのだった。肘を横に突き出して腕を組んで、足を開いているタイプの嫌な乗客で、視界に入ってくるのも気が滅入ったが、私鉄が乗り入れている駅に着くと、急いで降りていった。男の真上の車内吊り広告は、メタボリック症候群に注意を促すたぐいのもので、男の恰幅の良さと、広告のコントラストが興味深かった。脚を横に広げていたその男は、更に縦方向にも足を伸ばしていて、いったい何年満員電車に乗っているのか訊いてみたくなるほどの行儀の悪さだったが、すぐに降りてくれたとあっては、それらの悪意もすぐに消えてしまった。座席に残った男の臭いに少しぞっとしたものの、それも電車に揺られているうちに気にならなくなった。太った態度の悪い男がいた席に座ることのメリットは、広々としたスペースを大した反感も買わずに占領できることだ。もっとも、ニノミヤは非常に痩せていて、席を立った男の三分の二ほどのシートしか必要としていなかったので、隣の人たちが心なしか余裕ができたふうに体を緩めるのが、なんだかいいことをしたみたいで気持ちが良かった。

最初の乗換駅から座れることなどめったになくて、水曜日の朝だというのにうきうきする。あと五駅も座っていられる。時間に換算すると、十七分ちょっとの間でしかないのだが、立っているとそれが永遠に思えることがある。そのせいか逆に、座っていると、非常に時間の流れがゆっくりなように感じる。運が良かった、と繰り返し思う。ニノミヤは、地下鉄のターミナルの次の駅から乗るのだが、すでに車内は人でいっぱいで、吊り革さえ取れない時がある。吊り革を握れたら、それこそ両手でしがみつくように持って、肘の内側に頭をもたせ掛けて眠ろうとする。その時の自分の姿について、熱帯の猿のような、妙な感じなのではないかと想像することもあるが、だんだんと気にならなくなった。電車の中では、自分なりの快適さをいち早く見つけた者が勝ちだ。もちろん、座席の端に座っている人間が一番の勝ち組だが、それでも満員電車に乗っているということ自体に不満を募らせているのではその幸運も意味がない。ニノミヤは、吊り革が取れたことでさえも運がいいと思うようにしている。だから、今の「座っている」という状態は、それよりも一段上の僥倖《ぎようこう》なのだ。

目をつむって電車に揺られながら、先ほど電車を降りていった、自分の前にこのシートに座っていた乗客のことを思い出そうとする。電車でうまく座るには、単純に降りる人の顔を覚えておけばいい、というコツをインターネットで見つけて以来、それを実践しようとがんばっているのだが、なかなか覚えられない。なかなかというか、一人も覚えることができない。立っている時は、その姿勢で耐えていることに必死だし、座れた時は、その幸福感に目がくらんで、どんな人間が座っていたのかさえ忘れてしまう。太った男、とニノミヤは頭の中で繰り返すが、太った男なんていくらでもいるし、座席に残る臭いにも特徴はない。せめて頭がずる剝《む》けとかなら記憶できるのだが、いたって特徴のないごま塩頭だった。顔が大きくて、肌の色が悪かったような気がする。ただ、そんな中年男なんてたくさんいる。

それに対して、乗車時のライバルの顔はよく覚えている。ニノミヤと同じ駅から乗る客の中に一人、異常なまでに空いた座席に対する嗅覚にすぐれた中年女がいるのだ。

小太りで肌が荒れており、ホームでの動きは非常にゆっくりなのだが、電車に乗り込むや否や、レーダーでも埋め込まれているのではないかという正確さで、座席の隙間を感知し、どんな狭いスペースにも気がついたら座っている。どちらかというと、おどおどした顔つきの、狭い歩幅に自信のなさが表れている、職場でもおそらく隅でほそぼそと働いているという印象の女なのだが、ニノミヤは、彼女の所業を目にするうちに、勝てない相手として認識するようになり、しまいにホームで一緒になると、可能な限り車両を変えるようにすらなってしまった。

立ち上がった男のことを思い出せないので、目を開けてなんとなく周りを見回していると、あの中年女がドアの付近に悲しそうな顔で立っていたので、ニノミヤは、まるで胸にハッカの葉っぱを貼り付けられたような清涼感を覚えた。あの女でさえ座れなかったこの日におれは座っている。そんなことは今までなかったのではないか。無意識に素早い中年女に焦点を合わせていると、女は老いた小動物のような弱々しい顔つきでニノミヤを見返し、肩を落とした。あちらはあちらで意識しているようだ。しかし同情はするまいと思う。いつもあんたはいい目をみているからな。そうやって胸の内で舌を出してすぐに、けど他のところではほんとにあの人はどうなんだろうな、と考え始める。薄い唇や小さな鼻が、えらの張った大きな顔に対して何か貧相な印象を与える。眉は下がり気味で、目は黒目がちだ。気の弱そうな顔だ。髪のボリュームは多く、明るい茶色に染めているが、そのことと顔つきの地味さのギャップが、凝視すると異様に感じる。年の頃は四十代から五十代の前半、手元を見たことはないが、薬指に指輪をしているという記憶はない。だから電車には通勤で乗っているのだろう。働かないといけないのだ。もしかしたらあの女は、朝、電車で席を取るというだけのことに、生きているエネルギーのほとんどを費やしているのかもしれない。職場に着いたらもう燃えカスだ。年下の女の上司に顎で使われているのかも、それとも、年上のお局に無視されているのかも。どのみち、彼女が仕事に邁進し、活躍し、誰かに慕われている姿は想像できない。昼食は絶対一人で食べている。いや、ニノミヤもそうだが、ニノミヤはそれが楽しくて定食屋を転々としているが、この女はそうではなくて、食堂の隅っこで、味気のない、カロリーを摂取するためだけのものをぼそぼそと食べている。

そこまで考えて、ニノミヤは、もしかしたらここまで考えるのは失礼なのではないか、と思い当たり、女から視線を外す。いいかげん、昼休みに食べているものまで想像してしまう自分はおかしいと思う。それだけ自分は、あの素早い席取り女に敵意を感じており、ひいては畏《おそ》れているのだと考える。だいたい、席取り女が一人で昼食を食べている職場の塵芥《ちりあくた》であるとして、自分だってまったくそのようなもので、人のことを言っていられるわけではないのだった。給料は上がらないし、上がる見込みもない。ものすごく普通のことだが、これがじわじわと効いてきている。景気は回復してきているが、なかなか業績が上がらない、と社長は言う。不況の頃からはましになったが、依然厳しい見通し、と言われ続けてもう二年か三年が経つ。だから昇給はない。ボーナスは夏冬に一月分かろうじて出ている。年収は、インターネットの就職サイトで見た二十八歳の男の平均に、百万足りない。その記事を見た瞬間は、平気だ、と思った。

実際平気だ。つつましい暮らしをしている。独身で、家賃六万円の1Kのアパートに住んでいる。車は持っていない。酒量はそこそこだが、スポーツニュースを見ながら晩酌するのが好きなので、外ではほとんど飲まない。ギャンブルはやらない。趣味は電車や飛行機などの集団で乗る乗り物を見たり乗ったりすること、CSのスポーツ放送を見ること。それで何の不足もない。とにかく今のところは。休みの日に部屋で酒を飲みながら、録画したスポーツ番組を見ていると、幸せだとさえ感じる。

けれど将来はどうなのだろうということが、ほんのときどき頭をよぎる。社長はあと二年も三年も、ことによると十年も言い続けるような気がする。依然厳しい見通し、と。三十人の会社の最年少の男性社員である自分は、この先もずっと下っ端で、おそらく昇進は見込めない。仕方がないので、手当ての出る資格でも取ろうと考え始めて、そやはり二年か三年が経つ。とにかくテキストを買ってみて、通勤電車の中で開き、その数分後には何のことだかわからなくなり、カバンの中に入れっぱなしにし、また数週間後取り出して眺めて、何のことだかわからなくなる、ということを繰り返している。どうしてこんな業種の会社に入ったのか、というか、どうしてこの業種の会社が自分を採用したのかがよくわからない、と思う。そのぐらい仕事には興味がない。が、仕事は仕事だから真面目に仕事をする。その思想が完全に身についているので、仕事に興味はないが仕事はさほど苦にならない。だから、自分はここにいるべきではない、という焦燥に駆られるわけではないのだが、単純に、昇給がない、ということが不安になる。自分の老後ははたして大丈夫なのだろうか？

そちらはどんな感じですかね？　と席取り女に無性に話しかけたくなるが、自分よりずっと恵まれていたりしたら悲しくなりそうなので、もちろん訊きはしない。叱り飛ばしかねない。あんたおれより金持ってんだったら電車の席ぐらい譲れってんだ！

収入のことを考えると、体の芯が萎んでゆくような心細さを覚える。昨日、というか今日も、リーガ・エスパニョーラのライブ中継を明け方まで観ていたので睡眠不足だ。贔屓《ひいき》のチームは降格圏まであと数ポイントというところまで順位を落としている。あのチームはいったいいつになったら浮かび上がれるのだろう。なのにどうして自分は、首位争いをするようなチームにはまったく興味が持てないのだろう。負け試合をリアルタイムで見て増えていくのは、背中の吹き出物とカバンの中の栄養ドリンクの空き瓶だけだ。そういう日々を繰り返すうちに、もはや明け方の試合の放送がない日でも栄養ドリンクを飲まないとやってられないようになってきた。目を開けているためには、地下鉄のホームから地上への階段を上るためには、カフェインだかビタミンBだかが必要なのだ。どうしてこんな体になってしまったのだろう。それも、家の近くのドラッグストアで十本まとめて六八〇円みたいなやつでは効かず、乗換えの駅までの通路の売店で売っているローヤルゼリーの入っている銘柄でないと元気が出ないのだ。売店のおばちゃんも、ニノミヤの顔を見ると、ああ、という顔をする。いつも三百円か千円札で払うので、おつりの準備も早い。売店のおばちゃんの有能さにはいつも感心する。自分があそこに入れと言われても、絶対に無理だと青ざめながら固辞するだろう。会社の誰よりもあのおばちゃんのほうが仕事が出来るような気がする、と言ってしまうと言い過ぎになるが、とにかくニノミヤよりはあの人たちは優秀に違いない。おばちゃんに女性としての興味はなくても、ニノミヤはときどき、乗り継いだ後の電車の中でしみじみ感動する。自分では年の頃がつりあわないが、誰かあそこを利用する中年の男の客とおばちゃんが恋に落ちたりしないだろうかと思う。だったらその二次会ぐらいには呼んでほしい。

とはいえ、栄養ドリンクの飲みすぎは駄目だ。ニノミヤは糖尿病の心配を始める。今は自分の頭の上にある、メタボリックの注意喚起の広告を見上げながら、そっちもだんだん気になりだす。十七分間は長い。何もしないと、いろいろなことが気になってくる。眠気がないわけではないのだが、一度終点まで寝過ごしたことがあるので、ニノミヤは起きていようとなにくれとなく考え、心配を始める。こんなにカフェイン漬けではだめなような気分になってくる。今日こそは、栄養ドリンクではなくおにぎりとお茶でも買うべきなのかもしれない。なんといっても、座れているのだから余力があるような気はする。売店のドリンクの棚にある他のものを思い浮かべる。そうだいつも飲むやつの隣にある、緑色の瓶のレモン果汁のがいい。ビタミンCを摂るのだ。タウリンとビタミンB群とカフェインではなく。レモンのドリンクとサンドイッチだ。これはいい。

ニノミヤがにわかに盛り上がり始めると、電車は次の駅に入っていく。いくつもの私鉄や地下鉄が交差しているその駅に着くと、大量に人が流れ込んでくる。この電車を使い始めて数年はうんざりしていたが、もう慣れた。天災というのがおおげさならば、ドアが開くと同時に無表情に、しかしむっとくるような臭いを放ちながら車内に踏み込んでくる人々は、十数分の大雨のようなものだ。ほとんどが立っている新しい乗客たちを眺めながら、ニノミヤは微かな優越感を覚える。この駅から、吊り革のほとんどが人の手に渡り、車両の八割がたが人で埋まる。ニノミヤの前には、三十歳前後と思しきOL風の女の人が割り当てられる。脚を引っ込め、なるたけスリムになることを心がけるというニノミヤの座る作法は、電車に乗り慣れた女性にも人気があるようで、数少ない座った機会のさい、前に女の人が来ることが多い。べつに嫌ではないが、不用意に眺め回すこともできず、下方に視点を固定していなければいけないのが面倒だ。その女性は、眉根に皺を寄せて目を閉じ、辛そうに吊り革につかまっていたので、ニノミヤは反対に目を開けて、きょろきょろと立っている乗客を眺めることにする。が、斜め前の学生風の派手なTシャツにダメージ加工をしたジーンズの若者の不機嫌そうな顔が目に入ると、ニノミヤは小さく溜め息をついて目を閉じてしまう。この学生が座っている時の脚の開きっぷりったらない。そんなに巨根なのか、と尋ねてみたくなるぐらいだ。肘を横に突き出して腕を組み、じろじろと周りを眺め回し、すごい音で音楽を聴く。まるで自分がこの車両の皇帝であるかのように振舞う。不思議と怒りは覚えず、その代わりに、たかが電車だ、とニノミヤは囁きたくなる。たかが電車だ、そこに乗っけられて次の場所に急ぐ君はその程度の存在だ。あまりにも何もわかっていない様子で、全身に不平を漲《みなぎ》らせながら、彼がそれでもそこにいなければいけないということに、ニノミヤはほとんど憐れみに近い感情を覚える。ニノミヤは、らくにした者が勝ちだと思う。とにかくここでは、嫌だ、とか、自分はここには不似合いなのだ、と言い続けるのはナンセンスだ。だって現にここにいるのだから。人臭い蒸れた満員電車に乗って、どこかへ急がされているのだから。嫌なら、毎朝どこかに行くのをやめればいい。やめられないのなら、地上の車道を自転車で走ればいい。化石燃料を消費せず、自分の体のエネルギーだけで移動するあの人たちは真の勝ち組だ。それと比べたら、地下鉄に乗っている君なんてエネルギーの敗者に過ぎない。

そんなふうに、頭の中は悪口で快調に動くが、だんだん飽きてきもする。この若い男もおそらく、働くようになるとこういった尊大さはへし折られるのかもしれず、それにはそれの陰気な痛快さがあるが、それを人間全体に当てはめると、本当に人生は劣化していくだけなんだな、とニノミヤは考える。若さの万能感は、自分は入社してから半年以内にすべて失ってしまったような気がする。その代わりに、うまく愛想笑いに見えないように愛想笑いをすることと、カフェインで眠気を調節することにばかり長《た》けていく。それがどうしても駄目かというとべつにそうでもないところが、生きていて興味深いところだと思う。

順応性に長けていることが取り柄だ。どんな環境でも、リラックスした者の勝ちで、同じ失敗は二度まででやめることが安穏な日々の秘訣だ。失敗を繰り返さない、というとなぜか、乗換えの駅の階段を降りる時に、よちよちとミュールで降りていくお人形さんみたいな女の子のことを思い出す。乗換えの駅の階段には、階段の真ん中をゆっくりゆっくり降りていく、トートバッグを肩にかけたはんなりした美少年も出現する。彼らのことも、ニノミヤは疑問に思う。どちらも、とても容姿が良いのに、自分などと同じように朝からどこかに行かなければいけないことに同情する。ミュールの女の子は、踊り場でかかとをひねっているところを少なくとも四回は見かけたことがあるし、トートバッグの美少年は、具体的な失敗こそしないものの、ニノミヤと同じ年の頃のスーツの男に睨みつけられたり、もっと年上のやはりスーツのおじさんに咳払いをされたりしているのを見たことがある。トートバッグの美少年は、何か外界から隔絶されたようなのろさでホームに降り、物憂げに電車を待っている。ニノミヤなどは、ああまた現れた、と妖精でも見かけた時のように頭の中であしらうことができるのだが、本気でむかつく人だっているだろう。ミュールの女の子は、不器用で少し頭が足りない、ということですむが、トートバッグの美少年は、マイペースでうらやましい、という域は優に超えて、別次元で生きているという感じがする。彼らの、特にトートバッグの美少年のことを考えると、自分がけっこううまくやれることが少しだけ悔しくなる。何か、保存しておかなければいけないエネルギーを、通勤の作法に使ってしまったような気分になる。とにかく、ニノミヤをもやもやさせるのは、体全体から不平を発している行儀の悪い目の前の学生のような連中ではなく、乗換えの駅の階段に出現する、いわば「へたくそ」なその二人なのだった。

うらやましい、と口走りかけてやめる。自己充足をモットーとするニノミヤにとって、他人をうらやましがることなどもってのほかだ。もやもやに包まれて我を忘れる前に、ニノミヤはブリーフケースから昨日の帰り道で買った雑誌を出し、真ん中で折ってブリーフケースの上に置く。週刊の経済誌や総合誌は高いし、ほとんど興味がないのだが、「老後パーフェクト特集」という記事が載っていたので、ついつい買ってしまった。「最低限必要な貯蓄は三千万」という見出しを目に入れた瞬間、鼻血が出そうになる。自分は質素な暮らし向きだから給料安くても平気だ、なんて嘘だ、と頭の中が冷たくなり、気を失いそうになる。左隣から息をのむ音が聞こえたので、恐る恐るそちらを見てみると、自分と同じ年の頃で、同じようにスーツを着た男が、目線だけをニノミヤの雑誌に遣りながら青ざめていた。男のブリーフケースの上には、何かニノミヤにはわからない専門分野の参考書が開かれている。×××工法、という言葉が見出しになっているが、何のことかはまったく考えが及ばない。電車が停車し、乗客の入れ替えがあって車内の様子が変わっても、隣の男によるニノミヤの雑誌の凝視は続く。まるで時間も空間も止まっているようだ。

電車で隣り合った人間が読んでいるものというのは、例外なく興味深い、とニノミヤは思う。隣で誰かが、フリーペーパー以外のものを開いたら、必ずニノミヤは覗くことにしている。美人が変な自己啓発本を読んでいるというのが最も落胆するが、それはそれで、美人にも五分の魂か、と感慨深くもなる。最近で収穫だと思ったのは、朝っぱらから五駅分えんえんとベッドシーンが続く小説を読んでいる女がいたことだ。おっ、エロだ、と最初に思い、次の駅を出た後もそれはまだ続いていた。登場人物は、メリッサとジェームズとかなんとか、とにかくカタカナの名前だ。三駅目で、スティーブという名前が出てきた。すわ3Pか⁉　と恐慌状態に陥るニノミヤの横で、女は涼しい顔でベッドシーンを読んでいた。四駅目を出たところで、メリッサはスティーブに心をかき乱されながらジェームズと関係を持っていた。「君の肌は、まるでシルクが呼んでいるようだ」とジェームズは言っていた。意味がわからない、とニノミヤは思った。女は平然と、なかなか性生活以外の生活に戻っていかない登場人物たちの小説を読んでいた。少し体を離して、ニノミヤは女を眺めた。真っ黒な肩までの髪に銀縁の眼鏡をかけ、うすいピンクのジャケットにスカートを穿いていた。残念ながら、五駅目でニノミヤが降りることになり、物語の行方を見守ることはできなかったが、あれは本当に、女が降りるまで付き合って、あと何駅濡れ場が続くのか見届けるべきだった、と今は思う。

そして隣の男である。電車がダイヤの詰まりすぎによっていったん停止し、車両が走る音が消えてしまうと、荒くなった鼻息までもが聞こえてくる。試しに更にページをめくると、今度は孤独死の現状についての詳細な記事が掲載されていた。『……死臭とウジ……』、『……ヘドロ化……』という見出しに、ニノミヤも頭がくらくらしたのだが、やはり隣からは小さいうめき声があがった。

男のそれがきっかけになったかのように、電車は再び走り始める。肘に当たる隣の男の腕が、心なしか震えているような感触がしたのは、電車がいつになく性急な加速を始めたというだけが理由ではないだろう。これではあまりにもあまりなので、ニノミヤは更にページをめくり、『あなたの遺産トラブルタイプ診断フローチャート』という記事を出す。「相続人はいますか?」という質問に始まり、「借金はありますか?」と訊かれる。ない、と答えると、「資産はありますか?」とくる。やはり、ない、という方向に進むと、「プラマイゼロのさっぱりした人生ですね。孤独死にだけは気をつけましょう」と言われる。ここまでだいたい五秒しかかからない。この診断は昨日もやった。やはり数秒で終わった。

誌面をのぞきこんで自分も診断していたのであろう隣の男も溜め息をついている。彼もそこまで要したのは五秒がいいところだった。五秒で診断される死後。ニノミヤは、隙間風が吹くような心持ちを覚えるものの、でもそれはそれでいいか、と素早く思い直す。何事も、ややこしくないことを心がけている。隣の男の様子を盗み見ると、口を半開きにして何事か考え込んでいるようだった。もしかして、けっこうややこしい結果になってしまったのか、この、「Fタイプ　謎だらけの人生です。相続云々より生活を根本的に見直してください」だったりするのか。ニノミヤは、男の外見から推測できる要素を探す。ニノミヤとは違って、日焼けしているのか色が黒く、体はがっしりして、目鼻立ちもはっきりしている。起きたあと水でちょいちょいと寝癖を直しただけのニノミヤに対して、男はわりとびしっと髪の毛を立てたりしている。だが、口を開けて何事か考えている様子は間が抜けている。ニノミヤは、なんとなくこの男に話しかけたいような思いに駆られる。結婚しておられますか？　子供は？　相続ったって、おれらぐらいの年代の人間は何も残せる見込みないですよね。氷河期に就活して、さんざん買い叩かれて、それでもやめられんと今に至る。働いてる時間のわりに金も持ってない。投資がどうのっていう夢みたいな話にも、うまくやればいいって頭ではわかってても、体が徒労を知ってるから動こうとしない。今はこんな電車に乗っけられて、墓場みたいな職場に一直線に向かっている。でもそのことに、これでいいのかとすら思わない。

男はやがて、雑誌から視線を外して、ブリーフケースからスマートフォンを取り出していじり始める。誰かにそのむなしさを伝えようというのだろうか。ニノミヤは同情する。落胆しても、それを誰にも言わなくても平気でいられる自分と比べると、この男は幾分かナイーブなようだ。男は険しい顔で、ぽつぽつと文を打ち始める。誰に何を言うのだろう。彼女だろうか。さっぱりした人生って言われたと？　馬鹿にするなと？

好奇心に駆られて、ニノミヤは背筋を伸ばし、目線だけで男のスマートフォンの画面を覗く。一行目に「ちんこ」という言葉を発見する。ニノミヤは一瞬叫び出したくなり、そしてすぐに、小さくへっと笑った。男は、ニノミヤに覗かれていることなど気付かず、顔をしかめながらスマートフォンの画面に指を滑らせている。先ほどと少し角度が変わったので、よく見えなくなるが、男はそれなりに真剣に「ちんこ」のあとの文に取り組んでいるようだ。

ニノミヤは、腕を組んで目をつむる。自分は、平気だと言いつつ難しく考えすぎだと思う。墓場みたいな職場、だなんてうまいのかうまくないのかよくわからない比喩に囚われている。何も持っていないことはわかっているのだし、それでいいのだから、もうそれはこだわることではないのではないだろうか。再び、「老後パーフェクト特集」に視線を落とし、読む気力もそんなになくなっていることに気付いて、ブリーフケースにしまう。まず、借金をしない、とニノミヤは決意する。それが三十五歳までの目標だと思うことにする。あと、洗濯物を溜めない。洗ったパンツの残りが二枚になったら、自動的に洗濯をするように心がける。使用済みのパンツから「比較的ましなものを」選んで穿き、定食屋のおねえちゃんの前で緊張しないようにする。

隣の男は、スマートフォンのケースをぱたんと閉じるとブリーフケースにしまい、少しの間だけ腕を組んだあと、思い出したようにブリーフケースの上に手を置いて目を閉じた。少しだけ、ニノミヤのとの間にスペースができたような感じがした。「ちんこ」と冒頭に記したメールを送る男でも、スペースを取り過ぎない気配りができるのか、とニノミヤは感心した。目を閉じた男の顔は、妙に泰然としていた。悪い男ではおそらくないのだろう。仕事もそれなりにできそうだ。同じ職場なら呑みに行ったかもしれない。しかし自分達には隔たりもあるとニノミヤは感じる。人が近くにいて当たり前、という環境に、電車の中の人々は隔てられている……。

そんなことを考えながら、ニノミヤはうとうとした。電車が駅を出る瞬間に目を覚ましたので焦ったが、まだ降車する一つ手前の駅だった。また目を閉じかかっていると、駅名を告げる女のアナウンスの声に続く、車掌の濁った声で完全に目が覚めた。

お急ぎのところ失礼いたします。——駅で人身事故のため、この電車は次の——駅で一時ストップし、運転を見合わせます。——駅で人身事故のため……。

終始うつむきがちの乗客たちは、目線だけを上げて、天井のスピーカーを見上げる。人身事故という言葉は便利だとニノミヤは思う。大学生の頃、電車を使って通学を始めた時は、いったいどういう状態を指すのだろうと首をひねっていた。たとえば、ふいに線路に向かって差し出してしまった人差し指が、電車の車体にぶつかって折れ曲がるだとか、電車とホームの隙間に爪先が入ってしまうだとか。どちらも身震いする想像ではあったが、棒人間が、ピギャアと絶叫する程度のシチュエーションとして、ニノミヤの頭の中では処理されていた。人身事故という言葉が、人の死も含むということを教えられたのは、会社で働き始めてからだ。車掌も侮れない、とその時に思ったものだった。便利というか、巧妙な言葉を作ったものだ。それ以来ニノミヤは、「人身事故」と聞くと青いシートの向こうの死んだ人の体を思い浮かべるようになった。もちろん、電車と接触して生きている人がいるのも知っているが、成功した自殺志願者の例も「人身事故」に含まれるということは、ニノミヤの頭からいつも離れなかった。数か月に一度はある「人身事故」のうち、人が死んだのはいったい何度だろうと考える。

電車がホームで停止し、わらわらと車体から出て行く人に混ざる。どうして飛び込むのだろうと思う。人間は、放っておいてもいずれ死ぬ。それが待てないということなのだろうけれど、何がその人を待てなくさせるのだろうと思う。「人身事故」と車掌が言った時、ニノミヤは、その後続の電車の中で誰かの死を受け取っている。それも明確に死とは知らされず、うまく耳触りの悪くない言葉でくるまれて。通常、一人の人間の死が、ダイヤを遅らせられる破目になった後続の電車の乗客たち全員に知らされることはもちろんないことも知っている。「人身事故」の死は、想像しうるその現場の惨状に対して、まったく関係のない人間の頭上に薄くぼんやりと漂う。そのたびに、どういうことが起こったんですか？　と改札で交通機関遅延証明書を配っている駅員に訊こうと思うのだが、電車が遅れてしまったこと自体の焦りに、いつもそれができずにいる。

焦りというがそれは本当なのだろうか？　やはり人が死んだのかもしれないということへの遠慮なのではないか？　事故を引き起こす人は、そういう疑問を持つ人間がいるということはわかっているのだろうか？　それがわからなくなるほど、頭が混乱するのだろうか？　自分がそんなふうになってしまう確率はどのぐらいあるのだろうか？

いろいろと考えながら人の列に従った気でいると、いつのまにかはみ出してしまっていた。後ろの方で、誰かの叫び声がしたので振り向くと、ホームから落ちかかっている男がいたので、ニノミヤは咄嗟《とっさ》にそのジャンパーの裾を引っつかんで、男をホームの側に引き倒した。傍《かたわ》らに、制服の女の子がいて、ホームの床のタイルに手をついて肩で息をしていた。ニノミヤが、ジャンパーから手を引こうとすると、放さないで！　と先ほどの電車で前に立っていたOL風の女が叫び、彼女も男の腕を両手でつかんで押さえつけるようにした。男から、唸り声のような悪態があがり、OL風の女とニノミヤを振り払おうと身を捩って暴れた。

自分はいったい何に巻き込まれているのだろう。

「どういうことが起こったんですか？」

今度はそう訊くことができた。女は男の首を肘で押さえつけながら、息を切らしてニノミヤの疑問に答え始めた。駅員がやってくる足音が聞こえた。

3――閉じ込められることの作法

世界には人を死なせる物事が溢れている。なのにどうして、それに重ねて人が人を殺そうとするのかがわからないとときどき思う。人が殺さなくても人は死ぬ。人を殺したい輩《やから》は、善男善女がそれにふさわしい死に方をするのが気に入らないのだろうか。数十年をかけて衰えて、惜しまれて。でも、善男善女が突然、空から降ってきた大きなスコップにすくい上げられるように命を失うことがある。それが事故と災害である。どちらも一向に減らず、人間界で猛威を振るい続けている。放っておいても人は死ぬ上に、人を死なせる物事などたくさんある。どうしてそんな危険だらけの世界に生きているのに、人間はわざわざ人を殺したり、傷つけたりするのだろう。そんなことをしたって、事故や災害の殺人の尾っぽに少し足す、という程度のものでしかないのに。そういうことがわかっていても、ミカミは人を殺したくなることがある。それも一時間ほどのうちに何人も。凶器はハンマーがいいと思う。大きく足を開いて座っている男の股間を金槌でぶん殴ってズボンの下にあるものを潰してやりたくなる。吊り革と吊り革の間にいるくせに肝心の吊り革を持たず、すました顔で二人分のスペースを占領している女の後頭部を殴りたくなる。聴いているとノイローゼになってしまうような音楽をイヤホンから漏らしている男の耳を、釘抜きの部分で抉《えぐ》りたくなる。車両の真ん中で、でかいリュックを背負って馬鹿面で立ち塞がっている高校生の膝の裏に一撃を加えたくなる。乗客が乗って来ているのにドア付近に溜まっている連中の頭を鉄琴を演奏するように叩いてやりたくなる。前に並んでいる人間の斜め裏を取って影になり、少しでも先に電車に入ろうとする卑怯者は、車両とホームの間の隙間に五寸釘よろしく叩き込んでやりたくなる。

通勤の電車の中では人格が変わってしまうのだ。会社でどれだけ理不尽な目に遭っても、子供がぐれるといいだとか、次の身体検査の結果が劇的に悪くなってうろたえるがいい、と呪ったりはするが、さすがに殺したいだとか死ぬがいいとは思わない。

なのに通勤の間だけは、いとも簡単に相手の死が頭をよぎる。しかし、それらすべての電車乗りたちが、数十分後に到着するそれぞれの戦場を思い、息を潜めながら小悪に興じているのだとして、そのさらに外側にいる蛆虫のような連中がいる。痴漢である。

繰り返し思う。ただでさえ事故が起こる。電車の中で毒を撒《ま》く人間も、火炎瓶を投げる人間もいる。そういうことが日常茶飯事になったりしないのは、ただ乗客がそういった欲望を持つことを知らないか、単に抑え込んでいるだけという、非常に人間の心持ちまかせな危うい場で、なんとか生きている人間を死にたい気持ちにさせるのは、驚くべき傲慢である。

高校生の時から通学に電車を利用していたミカミも、何度か触られたことがある。私服の高校だったので、まったく色気のない格好をして極力不機嫌な顔をしてだらんと立つようにしていたら、制服だったり女の子らしい服を着ていたりする子よりはその機会に遭遇することは少なかったようだが、それでも、体全体を押し付けられたり、腿を触られたり、腕を組んで突き出した肘で胸を探られたりしたことがあった。はじめは、何が起こっているのかよくわからないのだ。そしてようやくこみ上げるような膨大な不快さを自覚した時には、そっぽを向いた人垣の中だとか、ホーム側や連結のドア付近だとかに追い詰められている。助けてくださいと言ったことはない。言いたいこともあったけれど、朝に電車に乗っているたいていの人間は余裕がないし、万が一勘違いだと恥ずかしいし（髪を短く切ってハーフパンツをはき、だぶだぶのパーカーを着ていた高校生のミカミは、外面的に見て痴漢に遭いそうなタイプとはいえなかった）、勇気を振り絞って助けを求めて無視されたら傷付くので、痴漢と自分の間にバッグを挟んだり、相手の袖を摑《つか》んだりして遣り過ごしていた。袖を摑んでも、電車を降りる段階で振り払われて逃げられてばかりで、ミカミはいつも悔しい思いをしていた。

記憶に残したくないと思いつつも目に焼きついた連中の顔は、たいていどうということがなかった。どういった顔つきが、というカテゴリはなく、細い目は嫌らしく見えたし、ぎょろぎょろした目は気持ちが悪かった。肌が白ければ病的に見えたし、黒ければ脂っぽく見えた。痴漢の顔が毎回違うことに、ミカミは絶望した。同じであっても恐怖を覚えるだろうけれど、これだけ様々な服装や年齢や顔つきの男どもが、自分だけはいい、などと思い上がって人を慰みものにすることにぞっとした。

大人になってある程度年を取った今、年を取ることそのものには複雑な思いを抱くのだが、痴漢が狙う女性のボリュームゾーンから離れていっていることだけは歓迎する。痴漢を寄せ付けない、ある種のがらの悪さも身につけた。何が哀しくて、車窓に映る自分があんなに怖い顔をしていなければいけないのだろうとも思うけれど。

その代わり、嫌だと感じることも増えた。ミカミ自身なら我慢できるようなことを我慢できず、小さな横暴を振るう乗客が目に付くようになった。それに対して、自分も仕事をするようになると必要以上に腹を立てるようになった。別のところで事故が起こったというニュースを見たときに、自分の状況と照合して考える能力が高くなり、痴漢とは違った種類の恐怖を認知するようになった。

何があってもおかしくないのだ。誰かが線路に飛び込む。脱線する。毒を撒かれる。火をつけられる。殴られる。特急列車では、強姦事件が起こったこともあった。電車は暴力を乗せて走っている、とミカミはときどき思う。自動車のような、ある種能動的な暴力ではなく、胃の中に釘を溜め込むように怒りを充満させ、乗客はそれぞれに憎み合いながら、死に向かうトンネルの中を走っている。

電車に乗っている間、ミカミの頭の中は何かが起こった時にどうしたら良いかという想像でいっぱいになる。毒を撒かれたら、できるだけ疑いのある物体から離れ、車両移動ができない場合はカバンを開けて頭を突っ込む。列車に火をつけられて、自分が消火器の近くにいなかったら、とにかく早いうちに窓を壊して外に出る……何で壊すのかが大問題だが、ミカミはとりあえず携帯電話か腕時計の枠を使ってみて、だめだったら手近な人のごついベルトを借りて、そのバックルを使おうと常々考えている。社会人的な対人スキルのすべてを使って周囲に懇願し、連携して、すみやかに破壊する。そして、できるだけおかしな人間に絡まれたりしないように、うつむいてじっとしている。化粧をしない、本は読まない、携帯もいじらない。立っている空気のように振舞うことにする。それでもこの戒めはもっとも破られることが多く、いやな客がいたらじっと見てしまう。あんたの悪事はこのわたしが目に焼き付けて、頭の中にファイリングして、向こう三年間は覚えていることにする、と目付きで饒舌に述べてしまう。今左隣にいる、茶髪を丹念に指先でくせをつけた大学生らしき男は、何度か隣り合ったことがあるのだが、明らかにミカミの敵意に気付いていて、それをミカミ自身の不快さに劣らず不快に思っている。ミカミはときどき、周囲を見回して、自分と同じような危機感を持っている人がいたら知恵を借りられないものだろうかと考えるのだが、この大学生にだけは頼りたくないと思う。

ミカミは、電車を降りて会社に到着し、お茶を淹れて席に着いて一息つくたびに、先ほどまで同じ電車に乗ってどこかに向かわされていた人々とは、少なくとも十数分間同じ極限に近い環境に置かれるのに、どうして労わりあうことができないのだろうかと考える。明日こそは簡単に腹を立てないようにと決意する。それらはすぐに日々の仕事にかき消されてしまうのだが、確かにそう思うのである。始業時刻である朝の九時から、翌朝の起床時刻である七時半までは、そういったことはきちんと頭の中にあると思う。しかし、起きてから会社に到着するまでの一時間四十五分の間はそのことは忘れていて、特に乗り継いで二本目の電車に乗っている八時二十分から八時三十五分までの間はほとんど別人と言ってよい状態になる。車両の中にどうしても一人はいる、どうしようもない連中が、ミカミに我を忘れさせる。

昨日は、吊り革を両手に一つずつ通して、間で手を組んでいる女がいた。たまたま隣に立ってしまったミカミは、しばらく暗い窓にうつるその女の顔を睨みつけていたが、妙にぽっちゃりして何も考えていなさそうな顔つきのその女は、不似合いなピンクローズ系のリップを塗った唇をとがらせて、自分の肉付きのよい腕に頭をもたせ掛けていた。左手の薬指には指輪をしていた。たとえ眠るためであっても、その吊り革は一つで足りる！　とミカミは、女のむっちりした上腕に指を突きつけて指導したくなった。一つの吊り革を両手で持って、肘の内側に頭をフィットさせて目をつむり、電車の揺れに身を任せればいいのだ。ミカミもときどきそうやって居眠りをするのだが、もっと高度にその態勢に順応している人がいて、その乗客は今ミカミの前に座っている。同い年か、それよりもう少し下ぐらいのスーツの男である。男は、あまりにうまく眠りすぎて、いびきをかいているときさえある。ミカミは、口を開けて眠る癖のある男を恥ずかしいと思いつつも、ときどきうらやましくなる。彼と比べれば、吊り革二つの女はど素人と言っていい。ずぶの素人が満員電車に乗るんじゃない、と彼女の配偶者に説教してほしいと思う。あの女に、電車に乗っている時の危機について話しても、おそらくまったくぴんとこないだろうとミカミは考える。何かがあったときの戦力にはならないタイプだ。願わくは、何かが起こる時にあの女と乗り合わせませんように。

あの女の、鈍感そうというよりは、話のわからなさそうな顔やむっちりした腕が頭をよぎると、どうもいらいらしてくる。同じ会社でなくてよかったと思う。電車が駅に入っていくたびに、あの女が乗ってきやしないかと探す。先ほど出発した、ミカミが目的の駅に着くまでの二番目に大きな乗客の入れ替えがある駅でも、ぽっちゃり女は乗ってこなかった。今日はいないようでほっとする。自分があまりに怒りすぎていて、恐怖を感じさえする。

通勤時のいやな乗客について思い出すのは決まって同じ通勤時でのことで、だからやはり自分は、地下鉄に乗っている時は違う人間で違う記憶や作法で生きているのではないかと思ってしまう。目についた現象について、我慢しているだけでは健康に悪いと考えるミカミは、ときどきは穏便な実力行使に出ることにしている。たとえば、車両に乗り込むときに列を守らずにずるをして入っただとか、必要以上に膝を開いて座席に座っている乗客がいると、可能な限りその隣についていき、足を開いたり腕を組んで肘を突き出したり無理に詰めたりして、客に密着する。座席がそもそも空いていることが少ない満員電車ではなかなかできない嫌がらせだが、この次に乗り継ぐ電車には余裕があるので、そういうことができるのだ。膝を開く乗客は年齢を問わず全員が男で、列を守らずに電車に乗り込む乗客は中年の女と若い男が多い。女なら、靴の裏を相手の靴に押し付けて汚し、どんどんあらぬ方向に詰めて追い込む。若い男は、例外なく膝を開いて座るタイプなので、ミカミも同じように男の膝に自分の膝をぶつけるように開き、肘で鋭く腕を抉り、足の間にリュックなどを置いていたら、つま先でストラップを探して踏んづける。若い男と肘と膝を擦れ合わせると、まるで自分が痴漢になったような気分になる。というか、痴漢だと思うがいい、と思う。ミカミには、電車に乗り込む程度のことでずるをやらかす若い男になど興味はないし、どれだけ容姿が整っていても空っぽな小物にしか見えないが、少しでも不快な気持ちになってくれるならある程度のことはやるつもりでいる。女が痴漢を訴えて無視される以上に、男が痴女を告発することは難しいだろうとミカミは考える。昔の恨みだとか、今の怒りなど諸々を抱きながら、ミカミは男の隣で不審な行動をとる。まだましな者は、小さく体を縮めて膝を少し閉じる。そういうときにはさすがに、自分はいったい何をしているのだろうと空しくなったりもするのだが。

が、今隣にいる茶髪の大学生は違う。この男にはユーモアというものがない。どこで拾ってきたのかわからないが、根拠のないプライドしかない。ある程度整ってはいるが、高慢そうなつるんとした顔つき、無意味なわざとらしい溜め息や、ここに存在していることが苦痛とでも言いたげな立ち方を見ていると、ここでそういうすねた態度を取らないといけないということ自体があんたの負けなのだし、それはあんたのせいなのだ、と言ってやりたくなる。あんたの向かうべきところに、あんたの高慢さと釣り合いの取れる交通機関で行ってごらんよ、と言いたくなる。それができないのは単に能力がないからだよ、と。

満員電車に乗ることの苦痛に日々すり減らされつつも、ミカミ自身は電車に乗っていることにはある程度満足している。車を使って余計な二酸化炭素を排出したくないし、自転車で通勤する気力もないからだ。後者については、人垣の中でもがいていることと高い運賃を払わされることが自分への罰だと思う。負けは認めている。その価値観を人に押し付けるわけではないけれど、隣の大学生はそれをわかっていなさすぎる。

本当はさっきから、前に座っている寝るのがうまい男の人がブリーフケースから出した雑誌が気になっているのだった。表紙には「老後パーフェクト特集」と印刷されていて、男の人はいつになく難しい顔で表紙の見出しを吟味している。ミカミもそれをよく見たいのだが、隣の大学生への悪態で頭がいっぱいで、集中できない。寝るのがうまい男の人の隣の、同じようにスーツを着た体の大きい人も、男の人の持っている雑誌が気になるようで、かなりあからさまにちらちら見ている。男の人は、ゆっくりとページをめくり始める。体の大きい人が、はっと口を開ける。そんなにショックなことが書いてあるのか。気になる。体の大きな人は、体が大きいだけあって、立っていても座っていても隣り合いたくないタイプなのだが、自覚があるのか、極力足を開かないようにしたりして場所をとらないように工夫してくれるので嫌いではない。作成中のメールを見てしまったことがあるのだが、股間が痒い病気を持っているようで、彼女らしき人によくそれを訴えている。体の大きな人は、その素振りさえ見せずに、涼しい顔でそういった内容を打っているので、我慢強い人なんだなとミカミは思っていたが、その人が驚くぐらいなので、寝るのがうまい人が読んでいた雑誌の内容は相当ショッキングなものと思われる。

少し背伸びをして雑誌の中身を覗き込もうとすると、隣の大学生が舌打ちをしたので、それに気を取られてそちらの方を見てしまう。おやじかよ、という悪態がミカミの頭をよぎる。悪意と自己憐憫の混ざった粘っこい舌打ちをする中年男は、八年ほど前から急増した。どうにかしてあれをやってみようとしたことがあるのだが、どうしてもできなかったので、不満げな顔の中年男の口の中には、あれ専用の器官があるものと思われる。大学生の舌打ちは、あのいやな口の音と比べたらかわいいものだったが、予備軍である可能性が大いにある。過剰に自分自身の苦痛しか意識することができないと、その器官ができるのだ。君はそうなりたいのか、とミカミは彼に訊いてみたいと思う。

電車が信号待ちのためにいったん停止すると、いよいよ大学生の不機嫌が増す。彼の舌打ちはどこか、母親の乳首を口に含みたいのにおあずけをくらっている赤ん坊のような、哀れともいえるニュアンスさえある。そのせいか、大学生を凝視していることに後ろめたさを感じて、視線を正面に戻そうと頭を戻しかけたときに、大学生のさらに向こうにいる制服の女の子の後ろの男が、不自然なほど彼女に密着していることに気がついた。

再び動き出した電車が加速し始める。ミカミは恐怖を感じる。遅れを取り戻そうとする車体の身振りがあまりにも必死であることに。

この車両にいる人間のうちの何人かには見覚えがあるが、その制服の女の子のことはあまり見かけない。普段はこんなごった煮の車両にはいないのかもしれない。その姿をよく見ようと前に後ろに体を倒して覗き込むが、どうも満足には見えない。彼女の後ろにいる男は、その隣にいる老女よりも〇・五列ほど前に出ている。小さな老女は、この人がごった返している状況をよそに、目を閉じて静かに立っている。そのまま即身仏になってしまいそうだ、とミカミは思う。斜め後ろに首を回したまま、老女の頭越しに女の子の後ろの男の様子を観察する。男の上体が、かすかにだが動いているように見える。よく見えない女の子は、先ほどより縮んでしまったように見える。このままずっと電車に乗っていたら、彼女はいながらにして見えなくなってしまうのではないかとミカミは思う。確信に至れるほどの露骨な行為を男がしているわけではない。しかし、あれだけ密着されているとそれだけで不快だろう。ドアの隙間から人がひねり出されそうな満員の車両であっても、前後になった人間は、微妙に体の向きを変えて、完全に同じ向きに重なってしまうことを避ける。しかし男は、女の子とほぼ同じ位置に体の重心を置いて、その影のようにぴったり重なっている。彼女の背中の不快な熱さを思うと、ミカミの腕には鳥肌が立つ。吐き気すら催す。

どうやって男に対して、見えているぞ、と牽制しようかと思案していると、次の駅への到着を予告するアナウンスが入り、男は女の子から離れた。もしかしたら、男が痴漢であるというのは気のせいだったかもしれない、とミカミは思い直す。ホームに入ってドアが開くと、男はあっさり出て行くかもしれない。

電車が停車し、幾人かの人間が出て行くが、車両の中にこもった嫌な温度はなかなか下がらない。あまり人が降りる駅ではないのだ。大学生の前に座っていた女が降りていき、空いた席に大学生が座るが、すぐに真後ろにいた老女に席をゆずった。老女は、拝むように手をすり合わせて、にこにこと大学生を見上げ、感謝の言葉を何度も述べながら座席に座った。再びミカミの隣に立った大学生は、毒気を抜かれたように、老女の言うことにいちいちうなずいていた。老女がいなくなった場所に入ってきたのは、背が高く横にも太った男で、汗の臭いがミカミの周りに立ち込め始め、目を開けているのも辛くなってくる。振り向いて、あの男がまだ女の子の後ろにいるか確かめたいのだが、斜め後ろに入り込んできた男が障害になって、前よりもどうなっているかわかりにくくなっている。ミカミは、汗の臭いから逃げるように、吊り革を持った腕の付け根に顔を伏せて、女の子とその後ろにいた男が離れているようにと願う。

そのようにして、少しだけ英気を養い、隣の大学生とその後ろの男の肉と体臭に埋もれるように肩を割り込ませて様子を確かめる。ミカミの眉が歪み、溜め息が口元から漏れる。男は戻ってきていた。前よりも遠くなったはずなのに、男の横顔は膨張していた。口の端が上がっているように見えて、ミカミは起き抜けに食べたトーストが逆流しそうになるのを感じた。女の子の前に座っている、カバンを座席に置いた中年男は、眉をしかめて腕を組んだ姿勢のまま、ぴくりとも動かない。眠っているのかもしれない。後ろ側からでは、太った男の体に阻まれて、なかなか注意をしたり男の腕を掴んだりはできそうになく、前からでは、なぜかいつになくぼうっとした顔をしている大学生が、座っている老女の側に出すぎているので、やはり手が出せない。無力感に苛《さいな》まれながら、ミカミは吊り革を握り締める。

本当に自分には女の子を助ける気があるのだろうか。あるのなら、その程度の人垣ならかきわけて、わめきちらして、男を脅しつけるべきではないのか。それができなくとも、女の子をこちらの側に引きずり寄せるなりなんなりして、男から引き離すべきではないのか。確信が持てればいいのだが。

女の子の悲鳴が聞こえたような気がした。自分がされていることに対する恐怖と、それに気付かない周囲への、世界への怒り。そういうことが、未だ起こり続けているということへの。うつむいたまま、ミカミはそれに同調する。十数年前、ミカミが高校生だった頃とほとんど何も変わっていない。女性専用車両が普及し、その一方で、狂言をして示談金をふんだくろうとする輩《やから》が出てきたぐらいだ。前者は、十両以上の長さの電車に、使いにくい真ん中の方にたった一両あるだけで、それ以上増える様子もなく、後者に至っては、本当に被害に遭っている人間の肩身をより狭くした。痴漢という存在は女だけでなく、疑いをかけられた無辜《むこ》の男も苦しめる。会社の同僚には、女の人から向けられる疑いの視線に、ほとんど恐怖さえ感じると愚痴る人間もいる。痴漢冤罪をテーマにした映画も作られた。痴漢は誰も彼も不幸にする。だからこそやってはいけないのだ。

斜め後ろを確認すると、より前に出た太った男の体で、ミカミが気にしている男はほとんど見えなくなっていた。もう少し前に何か手を打っておけばよかった、と男の腹を見ながら後悔していると、次の駅のホームに電車が入っていく頃合に、アナウンスが流れた。

お急ぎのところ失礼いたします。――駅で人身事故のため、この電車は次の――駅で一時ストップし、運転を見合わせます。――駅で人身事故のため……。

乗客たちが、一瞬だけ呼吸を詰めるのがわかる。ミカミもそれに漏れず息を止め、天井にあるはずのスピーカーを探す。まるでそれを見つけ出せば、人身事故というあいまいな言葉の答えが見つかるとでもいうように。ミカミは二つ先の駅で降りる予定なのだが、次の駅で降ろされてしまうと、三回も乗り換えて会社までたどり着かなければならない。いつもの駅が使えないとなると、会社から二番目に近い駅で降りることになるのだが、その駅から会社まではずいぶんとかかる。遅刻は必至である。お金を払って電車に乗っているのに、そこで痴漢に遭ったり、誰かが事故を引き起こして電車を遅らせたり、時には鉄道会社自らが、利益のために捌《さば》ききれない無理なダイヤを組んで災厄に飛び込んでいったりする。ミカミはぞっとする。そんな中であっても、勤め人は職場に向かい、学生や生徒は学校に行く。移動には純粋にリスクが伴うものなのかもしれない。そうはいっても、自分たちは何なのだろう。暑苦しい箱に詰め込まれ、その中でひどくいがみ合い、お互いへの無関心に乗じて薄汚い欲望を満たす連中が、閉まったドアの隙間から滲み出す膿のように入り込んでくる。

男を尾行しよう、とミカミは決める。怖くて直接注意できなかったら、男の写真を何枚か撮ろう。そして駅員にそれを渡すのだ。できれば女の子にも確認しよう。あなたは電車に乗っていたさっき、誰かから不愉快なことをされていなかったか。痴漢に遭っていたのではないかと訊くのが無神経だと思えるのなら。

次の駅で、ほとんどの人間がこの電車を降りるはずだ。男もきっとそうするだろう。人のうねりに乗じて、人の陰から男の姿を記録し、脳裏にとどめるのだ。会社は少し遅れるだろうが、それはいい。こういう脱線のために、毎日真面目に通っているのだ。

自分のやることを決めてしまうと、ミカミは安堵した。もう少しの我慢だ、と心中で女の子に語りかける。しかし、何が我慢だ、とその反対側にいる別の自分が吐き棄てもする。どうしてそんなことをしなければいけないのか。そいつが痴漢でないとして、たとえそれでも、そんなふうに無神経に密着されて、どうして何も言わずに黙っていないといけないのか。

電車は速度を落とし、ゆっくりとホームに入っていった。ミカミは唾をのみ、呼吸を整えながら、電車が停車するのを待ちわびる。車両の中に充満した空気が抜けるような音をたてて、ドアが開く。蟻が次々巣から這い出るように、もぞもぞと人々がドアから出て行く。ミカミは、姿勢を低くして、狙いを定めた男の後ろに、一人二人の人間を挟みながら、人の波の動きに従う。男は電車を降りることにしたようだった。携帯電話を片手で操作し、撮影モードを待機させる。ホームに降りた人々の靴の音が、雨だれのそれのようにミカミの鼓膜を小刻みに叩く。ミカミはゆっくりとまばたきをしながら、男を追う。

なんてことのない顔なのだろう。そうでありながら、やっていることの気持ち悪さが後々で重なり、吐き気を催させる顔。どんな人生を生きてきたのか、仕事をしているのなら何をしているのか、何が楽しく何が苦しいのか、訊いてみたい気がする。そこから得られる、予防のためになる情報など何もないのかもしれないが、少なくとも、特別な人間でないことはわかるだろう。本人がそう思っていたとしても。特別な人間などいない、とミカミは断定したくなる。痴漢とはまた別のベクトルでそういう人間はいるということを心の底で認めていたとしても、ミカミはあえてそう主張する。電車の中で女を触ることでそいつが生かされているのだとしても、その他の人は、電車の中で女を触らずに生きている。へとへとになりながら必死に生きている。特別な人間などいない。おまえは特例ではない。

ミカミの視界にあぶりだされている男は、ポケットに手を入れて、どこかしら鷹揚に歩いている。その様子はまるで、周囲の人間が行きたくもない目的地へと、うつむいてひたすら急いでいることを軽侮しているようにすら見える。今日は休みか？　と訊きたいと思う。それともずっと休みか？　何をして生きてきた？　いつ自分がそんなことをしてもいいと思うようになった？　知られたくない人間はいるか？　知られたくないのだとしたらそれはムシがいいと思わないか？　だけど、開き直るのもムシがいいと思わないか？　特別な人間などいない。それでもおまえが特別だと自分で思うのなら、逆に人間であることを認めないが、それでいいんだよな？

ふと、男に密着されていた女の子がどうしているのか気になるが、男を見失ってはいけないので、そちらには集中できないことが猛烈に歯がゆくなる。唇を嚙みながら、男の背中を追う。男は少し背伸びをして、周囲を見回すように首を回したりしながら、いまいちどちらに向かっているのかよくわからない態度でいる。ほとんど全員が電車から降りたようで、ホームは向かいの反対方向の電車を待つ側まで人で溢れ返っている。駅員が何か叫びながら、乗客たちを統制している。駅員に食って掛かっている中年の男がいる。電車から降りた人々は、おおむね暗い顔つきで上りエスカレーターとそれに隣接した階段へと向かっている。しかし、ミカミが追っている男は違っていた。男は、向かいの乗り場の黄色い点字板の真上で止まり、腕を組んで、ミカミが乗ってきたのとは反対方向の電車の接近を知らせる表示板を見上げている。

男が動きを止めたことは幸いだった。このまま動き続けてどこか特定の場所へ向かったのなら、それはそれで尾行のしがいがあっただろうけれど。ミカミは、男の斜め後ろで歩みを止めて、バッグから携帯電話を取り出した。口の周りの髭が不快な男だった。妙に睫毛が長いのも嫌な感じがした。男に気付かれないように、うまく撮れるポジションを探していると、男の上半身が視界から消えた。叫び声を上げながら、男はホームの端へと追いやられ、今にも線路に落ちそうになっていた。ミカミの視界の端に、男に密着されていた女の子が飛び込んできた。姿勢を低くして、真っ青な顔で肩を突き出している彼女は、更に腕を伸ばして男を線路の側に押した。唇の隙間から、嚙み締めた白い歯が見えた。落ちる、とミカミはとっさに考えるが、電車がホームに入ってくる時のメロディが聞こえると同時に、男の上半身は反り返り、誰かの手によってホームの側へと引き摺り上げられていた。ミカミの隣には、さっき車中で一緒だった口を開けて眠る男がいて、彼は男のジャンパーを摑んでいた。ああ、とか細い声を漏らした女の子が顔を歪めて、薄汚れたタイルの上に膝をつくのが見えた。居眠り男が、ジャンパーから手を離そうとするのが目に入ると、ミカミは、放さないで！と叫び、這って逃げようとする男の腕を摑んだ。

死ね、と地面に手をついた女の子が、涙交じりの声で呟いたような気がした。ミカミは無言で何度もうなずき、彼女の言葉に同意した。それが届けばいいと切望しながら。
「どういうことが起こったんですか？」
居眠り男は、呆けたような顔でミカミを見上げた。ミカミは、男の首に肘を当てて
体重をかけながら、自分が電車の中で見たことについての説明を始めようとしたが、
すぐに思い直して、この人の真後ろで、彼女が倒れるのを見かけたんです、貧血じゃ
ないかな、と努めて冷静に述べた。

4——She shall be exodus.

でも触られるっていうことは、まだ女として価値があるってことだから、と彼女は言った。車内を見回してもさ、もうなんか、たるんできてるみたいな三十以上の、いやもう二十五歳以上の女って、痴漢にも相手にされてないはず。

彼女が痴漢に遭った時は、迷わず男を振り向いて一睨みしてやるのだそうだ。『あたしは顔がきつい感じだから』そんな痴漢なんかしかできないような弱っちい男は、すぐに引っ込んでしまうのだという。面白いほどだそうだ。わざと痴漢を放置したまま、社会人の彼氏を呼びつけて、ホームに叩き出して怖い目に遭わせたこともあるのだという。示談金を取ってやろうかと思った、と彼女は笑う。でもそこまであたしだってひどい人間じゃないもん、と。彼女に言わせると、黙って触られている側の女にも問題があるのだという。だってそんな、自分の身も守れないのって情けなくない？　と彼女は肩をすくめる。大事な自分と、なんていうか、好きな人のため？　の体なのに、危機感がないよ、ほんとにイヤだったらどんなことをしてでも抵抗するはず。

ほんとにイヤじゃないんだとしたら、触られっぱなしになってしまう人は、何を考えてるんだと思う？　とシノハラが訊くと、彼女は、うーんとしばらく首を傾げて、やがて、そうだ、と手を打った。寂しいんじゃない？　かまってほしいとか。どれだけ表面では嫌がってても、心の底ではさ。痴漢はそういうのを見抜くんだよ。

そんなことは断じてない。シノハラは、彼女、今年から同じクラスになってときどき一緒に登校しているユウカに訴えたかったが、だったらちゃんと抵抗すれば？　と構えられるのが怖くて、言い出せずにいた。ユウカには、彼女を守ってくれる自営業の彼氏がいて、ちゃんと朝も早く起きられて、始発に近い駅から乗ってくるから、女性専用車両のいい位置について登校することができている。シノハラには誰もいない。

だから、ユウカの言うような「大事な自分」と「好きな人」のための体という部分では、半分が欠けているわけだが、それでも見知らぬ男に触られるのはどうしたって嫌だ。

ユウカとは合わないような気がしてきている。けれど、もうクラスの人間関係は編成が終わりかけていて、今更合わないなどとは思ってはいけないような感じだ。ユウカはシノハラのことをすこぶる気に入っているようで、顔を合わせれば、どこにいてもうれしそうに寄って来て話をする。ユウカには話すことがたくさんある。主に彼氏とのことで、他はボーカルをしているバンドのことなどを話す。シノハラはにこにことそれをきいている。あんた以外のほかの子は馬鹿に見える、とユウカが言うと、シノハラは一瞬だけいい気分になる。友達の多いユウカが、その中でも特に自分を選んでいるのだと思うと、単純にうれしいのだ。それを差し引いても、シノハラはユウカと一緒にいるのが苦痛だと最近思うことがある。ユウカの話は、別世界のことのようで楽しいはずなのに。だからさっきも、ホームから女性専用車両の窓越しにユウカの姿が見えた時に、反射的に顔を伏せてその隣の車両に乗ってしまった。昨日、ユウカのバンドのライブに呼ばれていたのに、チケットを買うお金がもったいなく思えて、熱が出てしんどいなどと嘘をついて行くのをやめてしまったことも、ユウカを避けた理由の一端だった。でも、そんなことやめればよかった。ちゃんとライブを見に行って、さっきだってユウカのいる女性専用車両に乗ればよかった。

生ぬるい息が、後ろ髪の隙間を通って首にかかる。真後ろに男がいる。シノハラは泣きたくなる。ぴったりとくっつかれている。そうしていても何ら不自然ではない乗車率の車内で、自分のような地味な取るに足らない女が、痴漢に遭っている『かもしれない』などと言っても相手にされないと思う。真後ろの男は、シノハラのそういった考えを、おそらくは見透かしていて、手を出してどこかを撫で回すなどという明らかな行動には出ず、ただ体を密着させて、電車の揺れに紛れ込ませるように、ときどき揺するというやり方でシノハラを苛《さいな》んでいる。振り向いて、どんな人間か確かめたいと思うけれど、もし今までに見たことがある顔だったら余計に怖いと思ってしまうので、振り向けないでいる。

こういうことは何度目だろう、とシノハラはぎゅっと目をつむって数える。女性専用車両に乗らなかった時のうちの三分の一ほどは、嫌なことがあるような気がする。一年生だった頃はだいたい女性専用車両に乗っていたから、気持ちの悪い男とはほとんど縁がなかったが、二年になって、朝の登校時にユウカを避けて車両を変えるようになって以来、シノハラは、自分を狙う男が頻繁に現れることを知った。顔を確認したことがないので、毎回毎回、同じ男に触られたり密着されたりしているのかどうかはわからない。同じ男でも怖いし、違う男でも怖い。ただ、ひとつだけ聞きたいことがある。世の中には、自分よりかわいい女の子も美人な女の人もたくさんいるのに、どうしてわたしなのか、と。

制服のスカート越しの腿の裏に、滑り込むように男の膝が入ってくる。吐き気がする。立つ角度を変えてその行為から逃げるが、男はすぐに電車の揺れに紛れるようにしてシノハラの向きを追ってくる。助けて、と声もなく、口の中だけでシノハラは呟《つぶや》く。前に座っている、カバンを座席の上にあげて、一席半分シートを独占しているシノハラの父親より年上に見える男の人は、腕を組んで眉間《みけん》に皺を寄せて目を閉じている。男の人は、その間にシノハラの両足がおさまるほど膝を開いていて、他の乗客より車両を選び遅れたシノハラは、とっさにそこの吊り革を持ってしまったのだが、その判断が誤りだった。女性専用車両に乗れなかった時は、せめて女の人が座っている前を選ぶようにしているのに。目の前に座っている男の人は、眠っているわけではないのかもしれないが、目を閉じて感覚を遮断し、周囲に人がいないかのようにわざと体を大きく座席に納め、完全に世界を拒否しているように見える。自分はこんなところにいるべき人間ではないのだと。あえて確信を持てなくされている自分の自信のない声は、きっとこの男には聞こえないだろうとシノハラは思う。それでも、この人に訴えなければいけないぐらいの事態がやってくるのだろうか。

右隣の大学生風の男の人は、恐ろしく不機嫌な顔をして、ときどき舌打ちをしながら、暗い車窓に映る自分を睨みつけている。長い脚にかける体重を、神経質そうにしょっちゅう移動させている。左隣にいる、前の男の人よりは年下に見える背の小さいスーツの男の人は、座席に備え付けられた金属のポールを両手でつかんで、表情もわからないぐらい深くうつむいて、寝息を立てている。何かを訴えるのならこの人だろうか、とシノハラは思う。けれど、この人を起こすのにはどのぐらい揺さぶらなければならないのだろう。

こんなにもたくさんの人に囲まれているのに、孤独を感じる。シノハラにとって、孤独はそこらじゅうにある。教室でも、ユウカと話している時でさえ。グラデーションではなく、種類の違う孤独が、確たる佇《たたず》まいでシノハラに付きまとっている。ここで、この車両で、シノハラの周囲にいる人々が、誰かと親しげに話す様子など想像できない。家の中の自分の部屋で、一人でいる時がいちばん孤独を感じないなんておかしな話だ。

ずるずると後ろ側のスカートがまくられる感触がして、シノハラはとっさに裾を握って下ろそうとする。やはり抵抗を感じはするが、ずり上げられたスカートを下ろすことには成功する。男の手と自分の指が一瞬触れ合い、シノハラはかすかに唸り声をあげる。それでも怖くて振り向くことができない。男の笑い声がきこえたような気がする。こんなことをしたってまたすぐにやるぞ、と。泣きたくなる。

泣けてきたけど、手をつかんで、電車が停止するまで離さなかった人がいた、という話をしてくれた女の子がクラスにいた。四月の、本当に授業が始まったばかりの頃、クラス全員で飲み会をした時に、シノハラは座敷の隅で彼女と話をした。イツキさんという女の子だ。今は、あ行の名字の女の子ばかりのグループにいる。飲み会でも、硬い表情で黙り込んでいるかと思うと突然カラオケを歌うために、はいはいと怒鳴りながら立ち上がって行ってしまったり、つかみどころがない人だったが、シノハラと話している時は、真面目で誠実そうだと思った。どの路線で学校に来ているのか、という話題から、痴漢の話になった。シノハラは酔っていたが、アルコールには手をつけなかったイッキさんは素面《しらふ》のようだった。友達が痴漢に遭った時に、周りの人にそのことを言ったんだけど、無視されたらしくて、だから自分でつかまえないといけないと思ったんだって、とイッキさんはときどき唇を噛みながら話していた。この人痴漢です！　と勇気を振り絞って袖をつかみ、叫んだのに、車両にいる人たちは、イッキさんの友達を一瞥しただけだったという。それがどうした、と呟く声さえあったのだそうだ。シノハラは、イッキさんの話を聞きながら、酔っていたこともあってか涙が出そうになった。黙り込んだイッキさんはトイレに立ち、部屋に帰ってきた時には別の場所でカラオケを歌っていた。シノハラは、壁にもたれながら、友達の話をするイッキさんの顔つきのことを考えながら、眠ってしまった。それ以来、イッキさんとはあまり話していない。飲み会の帰り道がユウカと同じだったので、その縁からユウカとつるむようになったことも理由の一つだった。

もし今自分が、この男の手を握り締めて、痴漢です！　と叫んだ時に、イッキさんの友達のように無視されたら、と想像する。もう、誰も彼もが信じられなくなってしまいそうな気がする。人間そのものに絶望してしまいそうな気がする。そんなふうに考えると、もう周囲を見回す勇気さえ持てなくなった。家に帰りたい、とうずくまりたくなる。家に帰って、ベッドに入ってじっとしていたい。誰とも関わりたくない。誰にも触られたくないし、誰の体も近づけたくない。満員の電車の中というのは、誰とも心を通わせることもなく、体の距離だけがむやみに近いという異常な状態だ。ユウカはときどき、シノハラの前で人間同士の体の近さを礼賛する。ユウカに、自分の考えを話したらなんと言うだろう。無意味な詭弁だと笑うだろうか。けれどこんなに不快な執着をされるのなら、体なんてなくなってしまえばいいとシノハラは思う。そのことが原因で、人間全体を信じられなくなってしまうのなら。

せめて誰か気付いてくれないだろうかと思う。救ってくれとは言わないから。誰かが、自分を見て不審げに眉を歪めるだけで、それにしがみつける。それでまた、明日からちゃんと女性専用車両に乗って、ユウカの話もきくし、これからもちゃんと付き合うことができる。そう思うのは都合がいいことだろうか。自らは動かず、動けず、共感してくれる誰かが、視線だけでもくれればいいと考えること。奴隷のような考えだと言われるだろうか。自分の尊厳も自分で守れないと。

再びスカートがずり上げられる。ずり上げられながら、内腿に手を入れられる。忍び込んでくる不快な手をつかんでやりたいが、姿勢を低くすると下着のクロッチを触られそうで、それだけは想像しただけでも吐きそうになるので慎重に前側に動く。しかし、足を突き出して場所をとっている前の男のせいで、ほとんどスペースがなく、逃げきるというほどには動くことができない。男の手は、ずるずると上がってくる。涙が浮かんできて、視界が曇る。電車がぐらりと大きく揺れ、シノハラはそれにのって前の方に体を倒して男の手から逃げる。前の男の靴の内側を踏んでしまいはするが、揺れのせいということにして小さい声であやまる。シートに座っている男は、片目を薄く開けただけで、びちっといやな舌打ちをして再び意識を閉じる。この人には言えそうもない、と当たり前のことをシノハラは考えながら、後ろの男から逃げるための隙間を探す。

アナウンスが入り、電車が減速して一時停止すると、男の手が離れるのを感じる。シノハラは、一息つきながらも、また男に苛まれることに身構えて、体を固く縮める。でも、自分を触ってくる後ろの男だって都合がいいのではないか、とシノハラは、背中に冷や汗を滲ませながら、再び考え始める。世の中には、いくらもそういった欲望を解消できる施設やＤＶＤや雑誌やサイトがあるのに、どうしてこんな満員の電車の中で、誰かの痛みをわざわざ掠《かす》め取って啜《すす》るような下劣な真似をするのだろう。それはもう性欲の問題ではないのではないだろうか。誰かを痛めつけたいという、言い訳のきかない種類の欲求にまつわるものなのではないか。

後ろの人間は、悪い人間だ。シノハラは確信する。あまりに今更の知覚に、自分がどれだけこの状況に慣らされていたのだろうと情けなくなる。悪い人間が犯罪行為をしている。再び電車が動き始めるのと同時に、男の手が、今度はスカートの表面に伸びてくる。シノハラは、反射的にその手首をつかみ、振り向いて顔を確かめる。確かめようとする。しかし、目を見ることができない。鼻から下だけが視界に入るが、それもぼやけてくる。男は、シノハラの手を振り払いもせず、余裕しゃくしゃくといった風情で、手のひらを握ったり開いたりしている。

やめてください。

声になったのかどうかはわからない。まるで夢を見ている時に行動を起こしているような不確かさで、シノハラは口を動かす。渇ききった喉の奥で、ひゅうひゅうと息が鳴っているような気がする。

男は手の動きを止める。シノハラは、何か自分の思いが通じたかのような感覚に陥り、肩から力が抜けるのを感じるが、男のかさかさした紫色の唇の端がゆっくりと上がるのを目にすると、体じゅうの汗腺から汗が噴き出すのを感じた。

電車が加速している。シノハラの恐怖を載せて。高いところから低いところへ落ちるように。

やめないよ。

やめてください。やめろ。

呻《うめ》くようにシノハラが囁《ささや》くと、男はつかまれていないほうの手でシノハラの腕を握り、強引に自分の手首から引きはがした。いとも簡単な動作だった。どのみちシノハラには、逆らう余力は残されていなかった。腋が汗をかいていて、情けなくなるほどだった。このまま学校に行って臭ったりしたら最悪だ。今の恐怖をスライドさせるように、シノハラはなぜかそんな細かいことを考えてしまう。

やめないよ、このブス。

男は歯を見せて嘲る。誰かの汚い舌打ちが聞こえる。ここはひどい所だ。どうしてわたしはここにいなければいけないんだ。

シノハラは、打ちひしがれて首を前に戻し、吊り革に両手でしがみついて息を荒げた。男の手が、スカートの上から荒々しくシノハラの尻をつかんだ。叫びたかった。でも声が出なかった。微かに、男が鼻だけで笑った。卑しい声だった。どうして死ぬ気で抵抗しないのかって思う。そう言いながらユウカは肩をすくめた。シノハラはのろのろと首を振りながら、記憶の中のユウカに反論する。抵抗できないのだ。突然ひどい扱いを受け、自尊心を踏みにじられる。こちらが身構えている間もなく、すべては一方的に行なわれる。攻撃が終わっても、反撃する気力は根こそぎ奪い取られている。そもそも、お互いに用意された状態で戦う気概のあるような連中は痴漢などしないだろう。卑劣だからこそ痴漢なのだ。

再び裾に手が伸ばされてスカートがめくられようとすると、アナウンスが聞こえて、地下鉄は駅のホームへと入っていった。あまり人が降りない駅だが、シノハラの斜め前に座っている女が、ほとんど目をつむったままのような状態でロボットのように立ち上がり、機械的に他の乗客を掻き分けて電車を降りていった。彼女に続いて降りる幾人かによって、乗客のポジションは乱され、シノハラの後ろの男の気配も消えた。シノハラは、力なく振り向いて男の姿を探したが、ほとんどうまく動いていない意識では、見つからないのか、見つけられないのかすらよくわからなかった。とにかく、自分を触っていた男はいなくなり、上背のある太った男が息を切らしながら、斜め後ろに割り込んでくるのがわかった。図体の大きな人の近くにいるのは正直避けたいところだが、この際彼があの男と自分を隔てる壁になってくれれば、とシノハラは願った。

さっきの駅で降りればよかった、とシノハラは思う。そのままうちに帰って、顔を洗って制服を脱ぎ捨て、自分の部屋に入り、ベッドに潜って、もう二度と出てこない。もう二度と電車になど乗らない。携帯から、ユウカの番号とアドレスと受け取ったメールをすべて削除する。学校も辞める。もうどこへも行かない。電車になど乗らない。ずっと眠っていれば、孤独など感じないから大丈夫なはず。

車両の黄ばんだ天井を見上げながら、シノハラはぼんやりと考える。本当はどこへも行きたくない。誰とも関わりたくない。

自分は痴漢に遭って辛いなどと、わざわざ訴えたくもない。なにもかもなかったことにしたい。吹き出る汗も、体の表面に残る不快な感触も、うまく呼吸のできない肺も。

吊り革に両手でつかまり、腕の裏側に頭をもたせ掛けながら、これから一時間後に生きているかも定かではない、と思う。教室で座って授業を受けているであろうことが信じられない。とにかく、電車を降りたら、駅前のドラッグストアに駆け込む。一番手前にある制汗スプレーを手に取る。それを持って速やかにカウンターに向かいながら、財布を出し、小銭は無視して千円札を出す。お釣りももういらない。袋はいいと言ってバッグに商品を突っ込み、走って学校に向かう。クラスの誰にも見つからないようにトイレに入って、体じゅうにスプレーをかける。少々朝のホームルームの時間を過ぎても、普段の素行は良いほうだから大丈夫だろう。学校に来てから少し気持ち悪くなって、と言う。休み時間は、ユウカには、今日はしんどいと断ってできるだけ眠るようにする。何を言われても、そうする。

死にに行くみたいだ、とシノハラは思う。朝、電車の中で体を触られて瀕死の状態にされて、どうしてそこからうちに帰らずにどこかへ行かなければいけないんだ。

再び、背中をじっとりとした嫌な熱さが覆う。あの太った男が場所を取っているのだろうか、と考えようと努めるが、おそらくそうではない。自分を触っていたあの男が戻ってきたのだ。

ほとんど回らない首を、それでも動かして後ろを確認する。さっき見た、下劣な喉《のど》や口元がそこにあった。大きな汗ばんだ手のひらが、スカートの中ほどをつかみ、強引にまくり上げて、下着のストレッチレースに指を引っ掛けた。男が、この場で可能な限り自分を辱めようとしているのがわかる。そうしてもいいと思わせてしまった。もう死にたくなる。体を捩《よじ》って、力ない身振りで逃げようとしても、男の手はなんの障害もないかのように追ってくる。

シノハラは、ぼんやりとした目付きで男の喉元を凝視しながら、自分の手がそこに添えられて締め付けるのを想像する。男は、シノハラを辱めることに気を取られていて、シノハラがじっと男を見ていることにすら気付かない様子で、シノハラの皮膚に直接触れる。

男の手首を握って、満身の力を込めて自分の体から引き剝がす。初めての大きな抵抗にあった男は、一瞬虚をつかれたように動きを止める。突然アナウンスが入ったことも、男が動きを止めた原因と思われた。

お急ぎのところ失礼いたします。——駅で人身事故のため、この電車は次の——駅で一時ストップし、運転を見合わせます。——駅で人身事故のため……。

あれって人が死んでることもあるって知ってた？　ユウカがそう言っていたことを

思い出す。シノハラが首を振ると、そういうのって飛び込みだよね、自殺だよね、とユウカは得意げに続けた。そんな顔するんじゃないと言いたかった。そんなことを知っているか知らないかでまで、わたしとの優劣をつけようとしないで。シノハラは、吊り革にしがみつきながら、ゆっくりと伸び上がる。この男も、ユウカも、そしてわたしも、いなくなればいいと思う。頭の中が冷え冷えとして、乾ききっているのを感じる。首をまっすぐにすることができないが、妙に背筋は伸びている。電車が駅のホームに入っていく。男の手がスカート越しに添えられ、妙に悠長な感じで撫で回してくる。

ありがとう、楽しかったよ。

微かなささやきが聞こえる。シノハラは、麻痺してしまったかのように、自分の中の一切の部分がそれに反応しないことを感じながら、じっとしている。

腹の底で、抑えつけられながら声を殺していた怒りが、ゆっくりと起き上がるのを感じる。

瞼を半分閉じて、ドアが開いた後のことを想像する。しばらく動く見込みのない電車を降りて、男はどこに向かうのだろうか。どこに向かうにしろ、自分はそれを追おうと思う。その道中に、何か男を打ちのめせるものはないだろうか。傘でも落ちていないだろうか。フリーペーパーのラックだとか、あれは自分でも持ち上げられるだろうか。どこでもいい。道の真ん中でもいい。背後から振り下ろしてやる。骨が砕けて肉が千切れるまで、ぶちのめしてやる。死ぬまで。

速度を落としていた車体が完全に停止すると、乗客のほぼ全員が、開いたドアをくぐって降りていった。男は最後に、シノハラの背中を軽く叩いて、シノハラから離れた。シノハラはすぐに体を反転させ、男の背中を凝視しながら、それを追った。

男は、シノハラがついて来ていることには気付かない様子で、他の乗客たちとは違い、ズボンのポケットに手を入れてホームを横切り始めた。どこに行くのか考えあぐねているように見えた。男は、電車の接近を知らせる表示板を見上げ、向かいのホームに電車がやってきていることを確かめ、黄色い点字板の真上に立って腕を組み、片足を軽く踏み鳴らし始めた。わざとらしいほどの余裕を感じさせる動作だった。

シノハラは、絶え間なく移動する乗客の邪魔にならないように、ホームの柱の陰に立って、男の後姿を見つめていた。男が見上げていた表示板を見遣ると、電車がすぐにでもホームに入ってくることを知らせていた。トンネルへとつながるホームの端から、小さな光が近付いて来ているのが見えた。

足音を立てないように、男が立っている表示板の縁のぎりぎりの所まで踏み出し、シノハラは更に数歩下がって、男の背中をめがけて肩を突き出して体当たりした。

完全に気が抜けていた男は、叫び声を上げながら、ホームの端まで追い詰められていった。シノハラの頭の中を、男の体が目の前で解体されて空中に投げ出される様子がよぎった。ホームに電車が入ってくる音楽が流れ、シノハラは更に手を突き出して男を線路の上に落とそうとした。やった、とシノハラは叫びそうになったが、男の体は突然反り返り、点字タイルの内側に向かって放り出された。スーツを着た若い会社員風の男の人が、男のジャンパーを握り締めたまましゃがみこみ、女の人が放さないで！　と会社員風の男の人に呼びかけていた。

シノハラは、ホームのタイルに手をついて、肩で息をした。自分は何をしようとしていたのだろう。頭の中でばらばらになった男はまだつながっていて、二人の人間に確保されながらもがいている。男を殺すはずだった電車が行ってしまう。ホームを行き交う人々は、自分たちに興味深げでありながらも、自分自身の用件を優先させて、少しだけ歩みを鈍くしながらも、それぞれの目的地に向かっている。

死ね、と唇を動かすと、男に圧《の》し掛かりながらこちらを見ていた女の人の方が何度もうなずいた。涙が溢れてきた。どういうことが起こったんですか？　と男の人が女の人に問うて、女の人が何か言うのが聞こえた。貧血じゃないかな、と、女の人は説明した。駅員たちがやってきて、やはり男の人と同じようなことを女の人に訊いた。

「わたし見たんです、彼女がこの男の人の後ろで倒れちゃって、それで、運悪くこの人がホームに落ちかかってるところを、こちらの方が助けたんです」

そうだよね？　と女の人が、シノハラの顔を覗き込んだ。シノハラがうなずきあぐねてると、大丈夫、と女の人が口を動かすのが見えた。

大丈夫、わたしは電車の中で何があったのか見たけど、あなたの悪いようには絶対に言わない。

シノハラはしゃくりあげた。すすり泣きはやがて咆哮のようなそれへと増した。駅員たちは困ったように自分たちを見遣り、まあ、誰も怪我がないのならね、この場だけということにしますので、と肩をすくめた。惰性のように押さえつけられていた男が、何か唸り声のようなものをあげて主張しようとしたが、女の人は、表向きにはなだめるような様子でいながら、しかしぞっとするような酷薄な目付きで、男の耳に何事か囁くと、男は力なく肩を落とし、シノハラが先ほどまでそうしていたように、ホームの灰色のタイルに両手をついた。涙が止まらなかった。ただ、今日はもう学校に行かなくていいとだけ、自分を許した。

解説　不意打ちと励ましと。

千野帽子

ひとつのできごとの意味あいとか、ひとりの人間の性質は、見る角度によって違う。ものごとを自分と違う角度から眺めることはむずかしい。多くのものごとについて、私たちは一面的な思いこみを抱いたまま人生を終えてしまう。たまに僥倖で、ものごとの別角度から見ることができたときは、不意打ちのように感じられる。

小説の小説たるゆえんは、ものごとを立体的に体験させてくれるところだ。できごとをただ報告するだけのお話なのではない。

この本に収録された「地下鉄の叙事詩」は、通勤ラッシュ時の地下鉄で起こったある事件を、男女四人の視点から記述する。いらいらしている四人は、たまたま同じ朝にうんざりするほど満員の同じ車輛に乗り合わせただけの他人だ。章ごとに視点が他の人物にリレーされると、私たち読者はさきほど眺められていた一人物の思考を知り、それを不意打ちと感じる。この小説は、ほんの二駅程度の移動時間と、特定車輛とその便が停まるある駅のプラットフォームだけに舞台を限定することで、多重視点の効果を搾りつくしている。

それだけではなくて、たとえば最初の章の視点人物である男子大学生イチカワ自身がどういう役割の人間であるかは、イチカワ視点の章のなかだけでも大きく変動する。〈おまえを養う男がいないのは、おまえが女として欠陥品だからだ〉（一一六頁）と右隣の女を心のなかで決めつけるイチカワは、そのほんの五、六頁後に、同じく自分の〈好みですらない〉、つらそうに乗っているべつの女の子に向かって、〈大丈夫だから〉、とやはり心のなかで勘違いではあれエールを送るイチカワでもある。

津村記久子の小説は、できごとや人物の意外な一面を知る驚きを読者に体験させてきた。表題作「アレグリアとは仕事はできない」も、人間はそうそう簡単な役割で生きているわけではないと思い知らせてくれる。

主人公ミノベは地質調査会社に勤め、道具や機械を手なずけるのが得意で、あらゆるダメツールをカスタマイズしてきた。

〈未だウィンドウズＸＰが入っている自分用のパソコン〉〈ノートパソコンにかんして言えば私もそうですよ〉、〈排出する一枚目をトナーで汚すという粗相をしてしまうモノクロコピー機〉、〈マゼンタが強すぎるカラーレーザープリンタ〉、〈どうしようもなく人差し指と親指の付け根を痛めつける持ち手が金属製のはさみ〉、〈二五ミリまでの針を食えるとうたいながらも、一二ミリ以上を飲むのが苦手なステープラー〉……。

ミノベ最大の敵アレグリアは〈Ａ３からＡ１対応のプリンタ、スキャナ、コピーの三つの機能を持つ複合機〉である。ミノベとトチノ先輩は、仕事がらこれをほとんどコピー機として使っている。スキャナとして使うのは男性社員が多い。

トチノ先輩は、〈物事を悪しざまに言わない、焦らない、どんなときも他の社員の利益を優先させる〉という人物で、しかも〈朝早く起きて髪を巻くような自己管理能力があって、それなりにかわいらしい見た目をしているし、そのうえ真面目で気が優しい〉。アレグリアの気まぐれは、ミノベと先輩との関係をも変質させていく。

伊井直行は『会社員とは何者か？　会社員小説をめぐって』（講談社）でこの小説を取り上げ、トチノ先輩の作中での描きかたについてこう書いている。

> 会社員小説には「しっかり者で事務能力が高く、しかもチャーミングな女性社員」が登場し、ストーリー上で重要な役割を果たすことがしばしばある〔…〕。トチノはそのような女性として描かれてもいいはずなのだが、作者はそうしなかった。

会社員小説、あるいは真実一郎『サラリーマン漫画の戦後史』（洋泉社新書y）で取りあげられたサラリーマン漫画は、しばしば伊井直行のいう〈役割としての登場人物〉で構成されている。津村記久子は登場人物たちをそういう都合のいい役割に収めない。この件についてはあとでもう一度触れたい。

アレグリアはスキャナとしては大過なく日々の勤めを果たしているが、コピー機としてはいろいろと問題が多い。

寒くもない作業室で、なにかというと〈ウォームアップ中です。しばらくお待ちくださ い〉と表示して休む。

一分動いて二分止まる。

二〇〇メートルの紙ロールがまだ一二メートル近く余っている段階で〈用紙切れです〉と言い張ってきかない。

取扱説明書にない253などというエラーコードを出す。

そのくせサポートセンターに電話しているさいちゅうに意味もなく復活したりする。

あるいは最低な仕事ぶりの直後、社長の前で最高に賢いパフォーマンスを見せたりもする。

ミノベは、この複合機のせいでいつも胃が痛い。ミノベのつらさは、マシンの厄介さ自体よりも、その問題を他の社員に理解してもらえないディスコミュニケーションの孤独にある。


自分が最も受け入れがたいことはいったいなんなのだろうかと考えた。それは結局、たった一人でこの機械はおかしい、と主張し続けることで、それに一切の共感を得られないことだった。同じくらいの頻度でアレグリアと接している先輩が、一向に苛立ちを見せないということも辛かった。どれだけ苦情を言っても、サービスのものを派遣しますとしか言わないサポートセンターの女の人たちもまた。

アレグリアが男子社員にたいして媚びつづけていた結果、コピー機としての低能さを知り抜いたミノベの主張が他の社員に受け入れられなかった。読みながら胸に手を当てて考えてしまう。私は職場や家庭で、同僚や家族の主張や訴えにたいして、「あーはいはい」と生返事をして、柳に風と受け流してはこなかったか。私は加害者ではないか。

あるとき、急ぎの報告書の見栄えがアレグリアのせいで最低なものとなり、ミノベたちがさんざんな目に遭った直後、ついにこのビッチなマシンはＬＡＮ機能をストップさせ、スキャナとしてもプリンタとしても働かなくなる。

ここにきて男子社員たちはおろおろするばかり。〈品番ＹＤＰ２０２０商品名アレグリア〉が『２００１年宇宙の旅』に出てきたコンピュータＨＡＬ９０００のようにすら見えてくる。男子社員が騒ぎ始めたのが、スキャナ・プリンタ機能というパソコン関連でのトラブルだったのが示唆的だ。ミノベがいくら具体的なコピー機能の不調を訴えてきても動かなかったくせに、パソコンが絡むと男って急に騒ぎ出すのである。

ここにいたって小説は「職場あるある」の領域をはみ出し、組織と個人という、すっかり掘り尽くされたかに思われたおなじみの主題を、コピー機というキャラクターの導入によって、新たな角度で照らしなおすのだ。

小説も終盤となって、これが一種のミステリ小説だということがわかる。当面の謎は、「そもそもアレグリアはなぜとつぜん機能を停止したのか」だが、その背後にある最大の謎は、「そもそもアレグリアはなぜこんな奴なのか、なぜこんな奴がこの会社にいるのか」である。

ここで親切設計な小説だったら、「すべての主体が取引先にたいして潜在的にクレーマーたりうる、という現代のビジネスのありよう」にたいする教訓的な批判を口にさせるために、現在は定年退職しているか、あるいは下町で蕎麦屋を経営しているという設定の、昔気質で実直な老人キャラを出すところだろう。

そうしたら「読者の痒いところに手が届くお話」にはなるかもしれないけれど、私の痒いところはそこじゃないので、そうしない津村作品だからこそ私をほんとうに励まし、支えてくれるのだと感じる。小説の小説たるゆえんは、昔気質で実直な老人キャラという〈役割としての登場人物〉が都合よく出てこないところにもある。

私と、私同様に津村さんのデビュー作『君は永遠にそいつらより若い』に心を奪われたおもに十代の読者たちは、作者にどうしても会いたくて、昨夏、祇園祭宵々山の京都・河原町通に津村さんを招いて、ウェブで予約してきてくれた観客の前で公開インタヴューをおこなった。いま思い出してもドキドキする。

打ち上げの中華料理店の席上で、津村さんは私たちに「好きな駅はどこですか？」と訊いたものだ。おもしろい質問！　と驚いたものの、そのときの私に答えの持ち合わせがなかった。「地下鉄の叙事詩」の最後に出てきた駅、と答えるべきだった。

（二〇一三年四月、エッセイスト）

ちくま文庫

アレグリアとは仕《し》事《ごと》はできない

二〇一三年六月十日　第一刷発行
二〇一七年九月十五日　第二刷発行

著者　津村記久子（つむら・きくこ）

発行者　山野浩一
発行所　株式会社　筑摩書房
東京都台東区蔵前二―五―三　〒一一一―八七五五
振替〇〇一六〇―八―四一二三
装幀者　安野光雅
印刷所　三松堂印刷株式会社
製本所　三松堂印刷株式会社

ISBN978-4-480-43075-5　C0193